CULOS HABANEROS

Jorge Posada nació el sábado 29 de noviembre de 1947 en el barrio habanero de El Vedado. Tres años más tarde su familia se mudó para Lawton, donde vivió casi treinta años. Abandonó los estudios secundarios y en un confuso momento de entusiasmo juvenil, se alistó voluntario en la Fuerza Aérea con la ilusión de liberar a América Latina del imperialismo yanqui. Año y medio después cayó preso acusado de desertor y descubrió la literatura con caóticas lecturas de mil autores. Pertenece a una generación ávida y frustrada, a la que Beny Moré, Elvis Presley y los Beatles; Faulkner, Proust y Cabrera Infante marcaron para siempre. Poemas suyos aparecieron en *Reunión de ausentes*, antología de poetas cubanos (1998), y dos de sus trabajos integran el libro *Periodismo cubano en el exilio* (2016). Ha publicado cuentos, entrevistas y artículos en periódicos y revistas de Estados Unidos, Inglaterra y España. Desde hace veintidós años trabaja como traductor de inglés en *El Nuevo Herald*. En la actualidad vive en Miami con su segunda mujer, la actriz Ruth Escalona, a diez minutos de La Pequeña Habana. Casi a los 70 años, una edad en que muchos escritores ganan el premio Nobel, se retiran o se suicidan, publica por fin Culos habaneros, volumen de narraciones que durante largo tiempo interrumpió, siempre por pretextos vanos.

Jorge Posada

CULOS HABANEROS

De la presente edición, 2017

© Jorge Posada
© Editorial Hypermedia

Editorial Hypermedia
www.editorialhypermedia.com
www.hypermediamagazine.com
hypermedia@editorialhypermedia.com

Edición y corrección: Ladislao Aguado
Diseño de colección y portada: Herman Vega Vogeler

ISBN: 978-1-948517-27-0

a Ruth, mucho corazón
y a mi mamá, toda la vida

There are places I remember all my life,
though some have changed,
some forever, not for better,
some have gone and some remain.
In my Life, Lennon and McCartney

Salí de casa una noche aventurera,
buscando ambiente de placer y de alegría,
¡ay mi Dios, cuánto gocé!
Échale salsita, Ignacio Piñeiro

CULOS HABANEROS

a Orlando Alomá y Roberto Madrigal,
que todavía van al cine

Mi mamá tenía uno de los culos que más tráfico pararon en toda La Habana. Además de un culo exuberante, del que se sentía orgullosa, tenía una cara linda —ojos claros, boca gorda y mechón castaño de Veronica Lake en la frente— y una simpatía a flor de piel, con la que los hombres se enloquecían. Se volvían para mirarla y siempre le decían algo.

Maquillada y emperifollada, y lo mismo en una saya estrecha por las calles del Vedado que en un vestido ajustado por Galiano y San Rafael o en apretados pantalones subiendo y bajando las lomas de Lawton, la lluvia de piropos —más groseros que galantes— no paraba. Mi hermano y yo fuimos testigos renuentes de los comentarios; mil veces les gritamos a los tipos y más de una vez los insultamos. Con el tiempo y a pesar de mí, tuve que reconocer que el culo de mi mamá provocaba en los hombres un incontrolable deslumbramiento y no podían ignorarlo. Ella se jactaba de que hasta bien entrados los ochenta años el *nalgatorio* —como lo llamaba— se le mantuvo duro y parado. «Un culo de negra», decía.

Aunque no me agrade la idea, tal vez esa fascinación que desde niño siento por el culo de las mujeres se deba al freudiano complejo de Edipo que tantas veces me han achacado. O quizás al gusto que sentimos los cubanos por un desparrame de carne tan sustancioso. «El enigma de las mujeres no radica en el rostro, sino en el culo», escribió en el siglo XVI el pintor flamenco Rubens, que mucho sabía de féminas y de culos.

La atracción por el culo es un impulso ancestral que incita a mirarlo. Es raro que nos pase por al lado una mujer con unas nalgas turgentes y que uno no dé la vuelta para contemplarlas. Voltear la cabeza para mirar cómo una mujer, acaso sin proponérselo, contonea el culo, es una cosa que hacen casi todos los hombres cuando las moléculas se le alborotan.

El primer culo que me gustó fue el de Betty Boop. Mi hermano y yo veíamos los cartones donde ella bailaba y cantaba —*Boop-boop-a-doop!*— con Cab Calloway, *Bocaza* Brown y Rudy Vallee en el televisor Emerson de diecisiete pulgadas —el predecesor del Philips de veintiuna pulgadas que vendría más tarde— que mi abuelo Quintín había comprado a plazos en una tienda de Reina, y yo me quedaba extasiado con su sonsacador culito de nínfula sensualísima. Mucho después me enteré que la sata muchachita también embrujó a Gertrude Stein, ya convertida en Alice B. Toklas.

Yo observaba los culos con una curiosidad silenciosa, los encontraba de casualidad por cualquier parte o los buscaba sin saber exactamente por qué lo hacía. Lo primero que le miraba a las mujeres del barrio y a las amigas de mi mamá y de mi madrina Yolanda eran las redondeces de sus culos. Las tres primas hermanas de mi mamá, Indita, Ramona y Susana, tampoco se escapaban. Así, poco a poco, me di cuenta de que me sublevaban los culos. El de Hilda Zerquera, compañera de trabajo de mi mamá en el ministerio de Obras Públicas, el de Luisa Minsal, amiga de la familia desde que vivíamos en el Vedado, y el de Amparito Martínez, que trabajaba con Madrina en los laboratorios Sterling: un culo suculento metido a la cañona en los *pescadores* que se usaban en aquel tiempo .

Pero no fue hasta una noche gloriosa del verano de 1954, todavía sin cumplir siete años, que supe de forma consciente que sentía una incontrolable atracción por los culos de las mujeres. A partir de ese día, empecé a mirarlos con un deleite callado, luego los encontré por todas partes y, por último, se me convirtieron en una obsesión.

Por esa misma época a mi casa iba mucho una amiga de la familia con un nombre sonoro: Blanquita Blanco. Era bonita, alta, burlona y le caía bien a todo el mundo. Todo le daba risa y era eso que en Cuba no es una *rara avis*: una flaca culona. Cada vez que nos visitaba y se ponía a contar chistes de doble sentido, a hacer cuentos de sus novios, moviéndose de un lado a otro con una taza de café en la mano, la visita se convertía en una fiesta y no me movía de la sala.

Blanquita casi siempre iba con su hija, una niña más o menos de mi edad, con una piel de manzana fragante, el pelo del color del oro viejo y mansos ojos azules en una cara de angelote extraviado. Nada más que de estar a su lado me ponía nervioso. Se llamaba Natacha y yo vivía perdidamente enamorado de ella.

Un domingo fuimos a Guanabo y regresamos a la casa muy cansados y casi de noche. Nos bañamos, comimos, vimos la televisión un rato, jugamos a las damas chinas y llegó la hora de irse a la cama. Entonces, mi abuela llamó a Blanquita y lo que le dijo me provocó un escalofrío de pies a cabeza:

—Quédate a dormir que es muy tarde para coger una guagua con la niña.

Blanquita le regaló una sonrisa de madre agradecida.

—Ay, vieja, gracias —le dijo—. Está bien.

Mi hermano se fue a dormir temprano, y yo di unas cuantas vueltas y vi cómo Blanquita acostaba a Natacha en el sofá que abuela le preparó, sin taparla por el calor que hacía. Estaba bocabajo, solo llevaba puestos unos blúmercitos rosados, y la franqueza del culo parado que tenía, me trastornó como nunca antes me había pasado con nada. Desde entonces quedé estremecido por la certidumbre de que algo irreparable había ocurrido para siempre en mi vida y comprendí de alguna manera confusa que el culo tenía un misterio insondable que yo no conocía.

Más tarde llegaron los culos inalcanzables. Eran los culos que veía de lejos, los de las vedetes, bailarinas y figurantas que salían en programas de televisión como *Jueves de Partagás*, *El Casino de la Alegría* y *El Show del Mediodía*, en los almanaques y, una vez al año, desfilando en las carrozas, en los carnavales. Eran también los culos de todas las mujeres que aparecían en las revistas, donde posaban con poca ropa y, de contra, lo empinaban, como si vendieran la mejor de las frutas.

En mi casa se compraban todas las semanas las dos revistas más populares del país: *Carteles*, los miércoles, y *Bohemia*, los viernes. Después que aprendí a leer, poco a poco conocí los nombres de ellas y los adjetivos con que los periodistas las calificaban. Así conocí el culo de la *despampanante* Lina Salomé, el culo de la *escultural* Marta Véliz —que anunciaba la cerveza Cristal con su mórbido meneíto— y el culo de la *curvilínea* Gladys Ziskay, encaramada en un trapecio con una propaganda de los cigarros Regalías el Cuño que por ambigua era dos veces sugerente: *Una tonga de gusto*.

Me gustaba más la farándula que la historia. Tal vez no conocía en qué expedición Narciso López llegó a Cuba, pero sabía que Norma Naranjo era la reina del cabaret Night and Day; quizás no conocía quién compuso el himno nacional, pero sabía que Clarita Castillo era bailarina estrella de Tropicana; a lo mejor ignoraba la fecha de la Protesta de Baraguá, pero recordaba que Raquel Mata —mulata china, como casi todas las vedetes cubanas— era una diosa de la farándula habanera, que Odalys Fuentes era modelo exclusiva de Hatuey, y una de las mujeres más seductoras de Cuba, y que a Carmen Guash, le decían la «Gina Lollobrigida criolla».

Vi muchas mujeres en muchas revistas, y encontré algo desconocido en cada una de ellas. Nuevas caras, nuevos nombres y nuevos culos. Vedetes como Rosita Fornés, Blanquita Amaro y Emilita Dago. Bailarinas como Sonia Calero, Elenita del Cueto y Maricusa Cabrera. Como Amparito Valencia, que mientras bailaba un guaguancó podía tocar maracas con el culo. Modelos como Nelly Castell, la voluptuosa July del Río y Bertica Serrano; como la Divina y la Tremenda —una rubia y una trigueña que competían en curvas—, Pilín Vallejo y Ónix Morera. Otras mujeres cuyos culos me aturdieron fueron Mitsuko Miguel, Olga Chaviano, Aidita Artigas, todas con una esteatopigia bendecida por la naturaleza. Como las Dolly Sisters bailando mambo con unos culos explosivos. El descubrimiento se hacía interminable día a día, y aparecían otras mujeres que me provocaban nuevos insomnios, como Ana Gloria Varona, que bailando con su inaudita insolencia era un ciclón de erotismo. Nadie ha movido el culo como ella.

Además de *Bohemia* y *Carteles*, de vez en cuando aparecían en cualquier rincón de la casa otras revistas como *Vanidades*, *Cinegráfico* y *Romances* en las que salían hembras con culos monumentales ante cuyo hechizo era imposible escapar. Pero un día, alguien dejó olvidada en la casa una revista que me revolvió las esdrújulas. Era diferente a todas las demás, con un nombre corto y llamativo —*Show*— y no estaba hecha para la familia.

Era una revista atrevidísima que traía toda la cartelera de los cabarets, clubs, tabernas, *boîtes* y lugares de burlesco de La Habana; llena de noticias, chismes, desenfrenos, escándalos de la farándula y muchas fotos. En ella salían lo mismo vedetes, cantantes y bailarinas conocidas que cabareteras, rumberas y putones de segunda. Aparecían en trusa, en shorts, en bikini; envueltas en toallas, tules y sábanas y en poses provocativas que —lo supe pronto— trastornaban no solo a un muchacho, sino a cualquier hombre con medio litro de sangre en las venas.

Por encima de todas las delicias que adornaban sus páginas, en la portada había una trigueña con cara de bicha mala que me sacó de quicio. Llenaba profusamente la página, con un pelo negro que se le enredaba en los hombros, ojos de loba hambrienta y cejas de diabla; ojos y cejas que solamente volvería a ver en una mujer veinte años más tarde. Exhibía unas tetas descaradas y, más que nada, un culo que irradiaba la solidez del hierro.

Tenía un nombre que parecía salir de una de las telúricas novelas de Rómulo Gallegos que conocería después: Tula Montenegro. Debajo de la foto se leía un cintillo espectacular que únicamente entenderán los fanáticos de la pelota, y que aún hoy puedo repetir de memoria: *¡Más curvas en las caderas que en las famosas muñecas de Don Larsen!*

Recorrí mil veces el culo de Tula Montenegro en la *Show* que tuve escondida mucho tiempo dentro de un aire de fiesta. Sobrevivió y llegó hasta mi adultez, ya gastada pero digna. Hasta que se hizo pedazos.

Tiempo después me puse a pensar que el motivo de que en esos primeros años de vericuetos eróticos las mujeres del cine (de Virginia Mayo, a los ocho años; Brigitte Bardot a los catorce; y Stefania Sandrelli a los diecisiete; a Laura Antonelli a los treinta; y Gal Gadot hace dos días) me interesaran menos, se debía tal vez a la inmediatez de las cubanas, al alcance de la mano, como aquel que dice.

El culo de muchas otras mujeres seguiría alucinándome toda mi niñez y adolescencia. Quizás porque en el culo hay algo más atávico que en las tetas, que en realidad son una intelectualización. Las tetas son renacentistas, pero el culo es primitivo, se remonta a las cavernas.

 Con el tiempo, seguí mirándole el culo a las mujeres por todas partes, gozando ese regodeo de ir mirando culos y cuellos y tetas y tobillos y barriguitas y piernas y muslos y caderas por la calle y me convertí en un experto en culos; en lo que en sus fogosos epigramas, los fenicios calificaban con una metáfora brava: *fausto exaltador de altas colinas*, es decir, en lo que en los ambientes intelectuales españoles de principios de siglo se conoció como un sibarita culinario. En la calle aprendí a distinguir un *culito de avispa* de un *culo de batea*; un *culo rompeinodoro* de un *culo respingón* y un *culo en forma de violonchelo* de un *culo de manzana*.

Era en La Habana donde confluían los culos de todo el país. El de la pinareña, el de la cienfueguera, el caprichoso de la camagüeyana. El de la matancera. Y el mítico culo de la santiaguera, duro como adoquín colonial. No importa de qué parte de Cuba vino ese culo; basta con verlo. Y es precisamente esa indetenible emigración hacia la capital lo que hace que en definitiva todos terminen siendo culos habaneros. No más luchas entre provincias ni orgullos regionalistas.

Seguí mirando culos hasta un día que me encontré con el mejor culo que había visto en mi vida.

Cuando aquello yo estaba en tercer nivel en la Alianza Francesa, llevaba año y pico trabajando como traductor en la Pesca, y ya nos habíamos mudado para Miramar. A las cinco, cuando terminaba, me llegaba al gimnasio de la Universidad a hacer pesas, un poco de ejercicios y a correr la pista; iba mucho a la playa y al cine, leía todo lo que me caía en las manos y de vez en cuando me pasaba un rato en la Sala de Música de la Biblioteca Nacional —quería ser culto— oyendo a Louis Armstrong, a Brahms y a Gérard Philipe recitando poemas de Paul Éluard. Tenía una melena alborotada que me tapaba la nuca, unos bigotes silvestres de guerrillero turco y usaba unas camisas de nylon con veleros rojos y azules y un pitusa color aceituna que era el único que tenía. Aunque eran tiempos muy malos (las recogidas no paraban, la frustración era mucha, se expulsaba sistemáticamente de la universidad a estudiantes por fabricadas acusaciones de «diversionismo idelógico», «inmoralidad» o «desviación sexual» y el aburrimiento era enorme) era extrañamente feliz: en noviembre iba a cumplir veintitrés años y pensaba que la vida me iba a durar toda la vida.

Antes de entrar a clases, casi siempre esperaba en la biblioteca a que sonara el timbre. Me sentaba en una mesa con una revista *L'Express*, *Le Point* o *Paris Match* y, haciéndome el zorro, me ponía a observar a Mirta, la suspicaz bibliotecaria, para ver qué libro podía echarme al pico. Rodeado de tantos títulos de Flammarion, de la Bibliothèque de la Pléiade y de Éditions du Seuil, me rodeaba un frenesí mortal y me sentía embriagado.

Sin habernos puesto de acuerdo, algunos de mis amigos también robaban libros. De cualquier librería pero, sobre todo, de cualquier biblioteca. De todos, nadie se comparaba al bibliófilo Juan Carlos Granados, un verdadero lince en ese arte mayor. Juan Carlos tenía muchos métodos para robar libros, pero el mejor lo había patentado hacía poco. Consistía en marcar un cuadrado en pleno centro de un voluminoso diccionario Oxford y luego con una chaveta de talabartero bien afilada cortar pacientemente una capa y otra de páginas por las marcas que había hecho, hasta hacer un hueco profundo donde cupieran otros libros más pequeños y poder llevárselos sin levantar sospechas: era un tipo que entraba con un diccionario. Así acabó con la mitad de las bibliotecas de La Habana sin que las bibliotecarias sospecharan nada. Juan Carlos, que también estudiaba en la Alianza (como no trabajaba, un día me robé de la Pesca una hoja con membrete, le puse el cuño del organismo, se la di y él se encargó de escribir una carta de petición para poder matricularse), me dijo con una de sus frases lapidarias en su recia voz de sargento de pelotón: «Entiendo perfectamente esa emoción: es como sentirse un niño dentro de una juguetería».

Esa tarde le había echado el ojo a tres de Gallimard, todos en la colección Le Livre de Poche: *Nadja*, de André Breton, *Le mur*, de Jean-Paul Sartre, y *J'irai cracher sur vos tombes*, de Boris Vian, que desde hacía tiempo quería leer para ver si se parecía a *Escupiré sobre sus tumbas*, que junto a *Las hijas del mercader de caballos* y *El trueno entre las hojas,* con Isabel Sarli que vimos juntos Ernesto Castro y yo en el cine Victoria, fue una de las películas que más despertó mi curioseo sexual.

En eso estaba; angustiado, sin hablar con nadie, perdido en mis planes, concentrado en aprovechar el momento más oportuno para meterle mano a los libros, cazando a Mirta.

Entonces la vi.

Era un tronco de mulata. El tipo de monstruo que uno no puede dejar de mirar; con un cuerpo redondo, sin tendones ni músculos: lo que se dice una absoluta ricura. Pero, sobre todo, con un culo que parecía hecho a mano, como los muebles del Renacimiento. En un país en que abundan los culos broncos, era la apoteosis del culo.

Y me olvidé de todo; de Mirta, de la tensión y de Breton, Sartre y del pobre Boris Vian que tan poco vivió.

Estaba conversando con otras dos mujeres, miraba hacia todas partes en busca de atención y hablaba en voz alta en francés, conjugando un verbo tras otro en el presente del indicativo. Se veía muy modernota, con tremendo *swing,* como se decía por ese tiempo. Llevaba puestas unas gafas oscuras de afuera, usaba una cartera también extranjera y estaba vestida con una blusa verde botella, unos zapatos color berenjena de tacón cuadrado y un Levi's azul prusia que quería rompérsele encima. El culo era tan insinuante que era capaz de parársela al mismísimo Luis Carbonell, el pájaro más pájaro entre todos los pájaros.

Se movía enérgicamente de un lado a otro y el culo parecía estar montado en una de las cajas de bolas con las que mi hermano fabricaba las carriolas más rápidas del barrio. Cuando empezó a caminar hacia mí con un cigarro sin encender entre los dedos, era una visión tan turbadora que creí que me iba a dar un mareo. Se acercó a la mesa y me preguntó:

—*Bonsoir, monsieur. Comment ça va?*

—*Bonsoir, madame* —le respondí sin aliento—. *Ça va très bien.*

Dio un paso más hacia mí y la expresión de la cara le cambió levemente.

—*Avez-vous une allumette?* —me preguntó con una voz medio ronquita que derretía.

Pensé que se me iba a trabar la lengua, pero por suerte pude controlarme: «*Je suis désolé, mais je ne fume pas*», le contesté. «Ay, qué pena», me dijo enseguida en puro habanero y sin esconder cierto deje de satería. Y terminó, abiertamente provocadora: «Todos los hombres deberían fumar: los hace más masculinos». Le pidió candela a un tipo que fumaba, encendió el Visant, y se pusieron a hablar.

Estaba en la flor de su edad; sólida y maciza , y no le sobraba ni una onza de grasa. La piel era asombrosamente pareja; un poco de melaza, un poco del pan acabadito de salir del horno y otro poco del color del caramelo en ebullición. Como escribió en un poema desolador Rogelio Fabio Hurtado, amigo a todo y el mejor poeta de mi generación: «Hasta en el arrasador yermo del recuerdo, destacaba un insondable perfil de reina etrusca». Tenía unas manos con uñas tan largas y afiladas que parecían las garras de una pantera; una nariz que empezaba con una línea suave y recta desde los ojos y terminaba ligeramente puntiaguda; una boca llena de dientes sanos que ignoraban olímpicamente la pasta Colgate y unos ojos negrísimos que atarantaban a cualquiera. Parecía caída del cielo. Como una vez oí a un tipo del barrio decirle a una chamaca que le pasó por al lado: *Coño, parece que te fabricaron en la NASA.* Como decía Orlando Real (compinche de muchas cosas, y un tipo que cumplía con tres requisitos fundamentales: borracho, mujeriego y gusano) cuando hablaba de una mujer que era una hembrota: *Está asquerosa.* Y como aquel piropo verdaderamente guapo-so que le oí decir a mi hermano más de una vez: *Criada a bisté, compota y puré de papa.*

Salió de la biblioteca, se metió por uno de los pasillos de la escuela y la perdí de vista.

Una semana más tarde volví a verla y la saludé. «¿Te acuerdas de mí?», le pregunté. Me contestó de nuevo en francés:

—*Bien sûr je me souviens de toi: l'homme qui ne fume pas.*

Se echó a reír y buscó un cigarro en la cartera: «*Aujourd'hui je n'ai pas besoin d'allumettes: j'ai un bricket*», me soltó con gracia. Sacó una fosforera roja, encendió el cigarro, y nos pusimos a conversar. Empezó a hablar sin parar, y en segundos, sin venir al caso, se puso a contarme su vida y me dijo su nombre.

Se llamaba Rita Thompson. Había nacido en Camagüey, y siendo todavía una niña llegó a La Habana con la familia. La madre era hija de cubana con catalán, y el padre un pichón de jamaicano que apenas conoció. Una mañana salió a comprar el periódico *Alerta* en la esquina y jamás regresó a la casa. Me contó que estaba divorciada, y que vivía con la madre y su hija de cinco años en el Cerro, cerca del cine Maravillas.

Me contó también que desde chiquita le gustaba el baile, y como bailaba muy bien en las fiestas y en las ruedas de casino del Círculo Social Obrero Patricio Lumumba (antiguo Miramar Yacht Club, pero para mí, punto fijo del lugar y fiel lector del *Manual de gramática española*, de Rafael Seco, el *Patricio* a secas), apenas sin saberlo se hizo bailarina. Primero se metió a afrocana de Pello el Afrokán. «En el 65 estuve en el Olympia de París en la gira del Music Hall de Cuba y recorrimos varias ciudades de Europa», me dijo. «Al regreso bailé como corista y di algunas vueltas de un cabaret a otro hasta que pude colarme en el Ballet de la Televisión Cubana que dirige Cristy Domínguez. Y allí estoy», terminó diciéndome. En los días que estuvo en Francia le gustó tanto el francés que se matriculó en la Alianza.

Rita era extrovertida, estaba tan segura de sí misma como un águila o un buzón, era confianzuda y, aparte de lo requetebuena que estaba, me cayó bien por la espontaneidad que enseñaba. Era una amalgama de bruta, sagaz e ingenua, pero de una lucidez diabólica. Tendría treinta o treintiún años en su plenitud (una edad que, según los sexólogos, es la ideal de la mujer, cuando todavía es joven y, al mismo tiempo, ya ha florecido) que a mí, con unos cuantos años menos que ella, me parecía una diferencia abismal. Era muy clarita —blanconaza como se dice— y se veía tan flexible como una gimnasta rumana.

Se parecía en la cara a Cathy Rosier, la mulatica bonita de *El samurai*, la película de Jean-Pierre Melville con Alain Delon, que tanto nos gustó cuando la estrenaron en el 69. Seguramente lo sabía, porque se pelaba igual; con el pelo muy cortico, las patillas, el cerquillo y la raya a la izquierda. Pero no era flaca como ella, sino todo lo contrario: como si hubieran puesto la cabeza de Cathy Rosier sobre el cuerpo de una Criollita de Wilson.

A partir de aquella tarde no dejábamos de saludarnos. Teníamos clases lunes, miércoles y viernes, y antes de entrar cada uno a su aula, conversábamos un poco. Rita siempre andaba con espejuelos oscuros, siempre en tacones y siempre con ropa extranjera, sobre todo en pitusa, al que todavía no le decíamos *jeans*.

Rita pasaba de las doscientas mil horas de vuelo y me sateaba mucho. Yo la miraba, la oía hablar, la veía moverse y pensaba de qué forma podía fajarle a alguien con tanta calle; cómo entrarle, aunque luego pensé que ella era así, innatamente sata, que no se trataba de nada en particular conmigo. A pesar de echarme risitas, de tocarme el hombro y de hacerme mil visajes, no me daba ni un chance. A muchas mujeres no les gusta que los hombres piensen mal de ellas y que se regalan con facilidad: se venden caras.

Dejé de ver a Rita como tres meses, y pensé que se había cansado de estudiar hasta que una tarde me la encontré en uno de los pasillos de la escuela y casi no la reconocí. Una vez más estaba con ropa de afuera: un vestido amarillo, como de algodón, lino o gasa, con los hombros al aire y tan finito que le marcaba escandalosamente las caderas; un collar naranja, beige y rojo que hacía bonito juego con los aretes, una pulsera que también le hacía juego (la catástrofe que vivía el país no le pasaba por arriba) y unas sandalias carmelitas de tiras delgadas que rodeaban el tobillo. Ya no llevaba el pelo corto, sino un *espeldrún* más grande que el de Jimi Hendrix y estaba para comérsela. Solo el sur de Estados Unidos, Brasil y Cuba, tan pródigos en mestizaje, han sido capaces de producir salvajadas semejantes.

—*Où allez-vous si vite, monsieur?* —me preguntó altísimo, dándome uno de esos manotazos en la espalda que dan los cubanos. Seguía encantándole llamar la atención.

Hablaba un francés con acento del Cerro, pero guapeaba con él y no le daba miedo meter la pata. Una vez, de comemierda que fui, me sentí Pigmalión y le dije que debía leer en francés; algo, *Le petit prince*, un cuento de Jules Renard, un poema de Paul Verlaine (*il pleure dans mon coeur/ comme il pleut sur la ville/ quelle est cette langueur/ qui pénètre mon coeur?*), pero me respondió que la lectura le daba sueño, no le gustaba y prefería las canciones. En un segundo, se puso a cantarlas. «*Tous mes copains quand je les vois passer/ tous mes copains sont à moi/ tous mes copains je les ai embrassés/ tous mes copains m'aiment bien; Mais laisse mes mains sur tes hanches/ ne fais pas ces yeux furibonds/ oui tu l'auras ta revanche/ tu seras ma dernière chanson; Capri, c'est fini/ et dire que c'était la ville de mon premier amour/ Capri, c'est fini/ Je ne crois pas que j'y retournerai un jour*», se defendió. Coño, Sylvie Vartan, Salvatore Adamo y Hervé Vilard nos estaban educando.

La saludé con gusto y me contó que estuvo de gira con el ballet y había tenido que repetir el año y hablamos un poco en medio del pasillo. «Te ves distinta. Por poco no te conozco con ese pelo», le dije sin decirle que había pensado en ella muchas veces, que había deseado verla, que inclusive la había extrañado. «¿Cómo me queda?», me preguntó satísima, y le respondí que le quedaba matador. Entonces nos pasó por el lado Madame Arnold (recta en sus clases, toda arrugas y espejuelos rotos), que ese año era mi profesora, y a quien invariablemente yo le decía *Madame Arnoul* como homenaje secreto a una de las actrices de la COFRAN que con sus barbaridades —como le pasó a un amigo mío cuando conoció en el cine sus tetas y las de Martine Carol— llenó de morbo mis trece años: Françoise Arnoul, deliciosa criatura perfumada. Madame Arnold me miró como diciendo que ya había sonado el timbre y que había que entrar al aula. «*On se parlera plus tard, après finir*», me dijo Rita casi gritando, buscando alguien que la oyera.

Cuando sonó el timbre, nos encontramos en el portal y, de buenas a primeras, me preguntó:

—¿Te gusta la Burke?

Hablaba, por supuesto, de Elena Burke. Y como las locas y la mayoría de la gente de la farándula, al mencionar el nombre de famosas —*la* Bardot, *la* Crawford, *la* Garbo, *la* Fornés—, usaba el artículo delante del apellido y en cursiva. También le decían simplemente Elena. Y los más pedantes, la *Señora Sentimiento*.

—Sí, me gusta. ¿Por qué? —le dije para ganar tiempo.

—Todos los martes está en el Salón Rojo del Capri —me dijo—. ¿Vamos a verla?

Sin pensarlo le contesté que sí. Eran las siete y pico, tenía dinero —acababa de cobrar los 81,50 de la quincena— y tal vez hasta podía meterle un fajón. Además, posiblemente la iba a pasar bien.

—Te va a encantar el show, ya verás —me dijo mientras bajábamos la escalerita que daba a la calle—. No tenemos que hacer cola. Conozco al que trabaja en la puerta.

No le creí mucho. Me pareció que Rita vacilaba tirando esos faroles, pero no me importó.

Salimos a la calle y vi que empezaba a atardecer. Los colores del sol que se ponía en la distancia, estallaban frente a nosotros, convirtiendo en oro viejo, en naranja, en ocre y en amarillo fuego y en girasoles y en mandarina todo el cielo y todos los edificios, faroles, calles, parques y árboles. De pronto, como si fuera una revelación, me sentí aturdido por la terrible belleza del paisaje, y se lo dije, se lo tuve que decir: «Cómo me gusta el Vedado», fue la estúpida frase que me salió.

La vida era cada vez más asfixiante, el clima político peor y la moral puritana del regimen no permitía excesos. Fidel Castro —que jamás bailó un chachachá, tarareó una guaracha ni se conmovió con un bolero— trató de destruir con saña la noche habanera, con su vitalidad, su jodedera y su alegría. Pero aún quedaban muchos lugares a donde ir. Si un encanto especial tenía el Vedado, aparte de la frondosa vegetación, de los cines, las cafeterías y el ambiente, era que allí había más restoranes, bares, clubs y cabarets por metro cuadrado que ninguna otra parte de La Habana. Eran más de cuarenta, yo diría. Dabas un paso y te encontrabas uno y otro al lado. En cualquiera, si uno tenía suerte, podía tomarse un trago o una cerveza.

Después que tuve edad para beber, que supe que me gustaba beber, que comprendí que el alcohol unía a los pueblos, apuraba a los hombres, desinhibía a las mujeres y desataba concupiscencia, fui a muchos:

El Conejito, en M y 17,
El Cochinito, en 23 entre H e I,
La Roca, en 21 esquina a M,
el Polinesio, en los bajos del Habana Libre,
la Gruta, en el sótano del cine La Rampa,
El Mandarín, en 23 y M,
el Wakamba, en O y 23,
el Karabalí, en 23 y M,
el Patio, en el Habana Libre,
el Turquino, en el piso 25 del Habana Libre,
Las Bulerías, en L entre 23 y 25,
el Coctel, en La Rampa,
La Zorra y el Cuervo, en 23 esquina a N,

El Gato Tuerto, en O y 19,
el Turf, en Calzada y F,
La Romanita, en 11 esquina a 16,
el Olokkú, en Calzada y E,
el Karachi, en 17 y K,
el Atelier, en 17 y 6,
el Varsovia, en el hotel Victoria, en 19 y M,
el Scheherazada, en los bajos del FOCSA, en 19 y M,
el Barbaram, en 26, frente al Zoológico,
Los Andes, en 21 y N, a un costado del Capri,
el Rocco, en 17 y O,
el Tikoa, en 23 y N,
el Club 23, en La Rampa,
el Monseñor, en 21 casi esquina a O,
el Volga, en 23 y O,
el Sayonara, en 17 y B,
el Le Mans, en 5ta. y B,
el Flamingo, en los bajos del hotel Vedado, en O y 27,
el Maxim's, en 3ra. y 10,
el Parisién, en el Hotel Nacional,
el Copa Room, en el Hotel Riviera,
el Escondite de Hernando, en P, casi llegando a Infanta,
El Pico Blanco, en el penthouse del Hotel St. John,
Las Vegas, en Infanta casi esquina a Humbolt,
La Red, en 19 y L,
el Eloy's, en Línea y H,
el Salón Rojo, en 21 y N,
el Club 21, en 21 y N,
el Johnnie 88, en O y 25,
el Johnny's Dream, en Miramar,
el Imágenes, en Calzada y C
y La Torre, en el último piso del FOCSA, con la vista más increíble de todo el Vedado.

La revolución quería un hombre nuevo y eso de tener en cada esquina una bodega y una victrola llena de música, una barra con cerveza, aceitunas, pedacitos de queso, y hombres jugando al cubilete era un condenable rezago del pasado que no se podía tolerar. No se podía estar bebiendo hasta las cuatro de la mañana en un cabaret cuando había que levantarse muy temprano para ir a cortar caña a Melena del Sur, sembrar cítricos en Alquízar o recoger papas en Güines.

Aunque no era una ciudad fantasma, la época de oro de La Habana ya había desaparecido. En poco menos de cuatro o cinco años se había quedado sin música. Cientos de victrolas fueron recogidas de las bodegas, de los bares y de las cafeterías y se las llevaron para almacenes donde con el tiempo se echaron a perder. Desaparecieron las disqueras —Puchito, Gema, DisCuba— y los cantantes, compositores, pianistas, flautistas y trompetistas se fueron del país en estampida. La autenticidad de los músicos se perdía un día tras otro. Beny Moré estaba muerto, Celia Cruz se había quedado en una gira en México con la Sonora Matancera en pleno, Rolando Laserie andaba asilado en Colombia y Olga Guillot jamás volvió del viaje que hizo. También se habían ido Fernando Mulens, René Touzet y Bobby Collazo y La Lupe, Ñico Membiela, Orlando Contreras, Blanca Rosa Gil, Freddy, Orlando Vallejo y Luis García que le cantó a La Habana una canción preciosa.

Sin embargo, quedaban algunos lugares. Pacho Alonso llenaba el Scheherazada, Elsa Rivero repletaba el Parisién, a Doris de la Torre la veneraban en el Karachi y Bola de Nieve cantaba como nunca en el Monseñor.

Armando López —farandulero virulento, ruidoso e incurable, como él mismo se llamaba—, eternamente acompañado por putangas divinas con olor a Jean Patou; un noctámbulo que conocía todo de todo el mundo (las *desca-charrantes* mariconerías de Felo Bergaza, las *escandalosas* borracheras de Moraima Secada, la *trágica* popularidad de Martha Strada, las *excéntricas* fiestas en casa de Frank Domínguez, las broncas a sangre y fuego y los navajazos del festival Papel y Tinta y de los Carnavales de Infanta, y sepe-tecientos secretos, anécdotas y descacharrantes cuentos de Alicia Figueroa, Roberto Garriga, Bobby Jiménez, Portillo de la Luz y Gina León), con su típica simpatía bajita de sal, lo dijo mejor que nadie: «Es que, pese a todo, querido, La Habana siempre ha sido mucha Habana».

Rita estaba frenética, se metió un chiclet en la boca —otro rezago del pasado— y caminamos por G hasta 19. Allí hicimos una izquierda y empezamos a bajar. Casi siempre 19 estaba muy oscura y vacía. Solo las viejas casonas con sus verjas altas y su tupida vegetación y el olor a galán de noche, a jazmín y a picuala. Aunque era octubre, la temperatura seguía caliente, así que caminábamos despacio aprovechando que era temprano. Rita estaba sudando un poco y su piel quemada al sol, tersa y sutil, como escribió el mejor de los compositores blancos cubanos y cantó el mejor de los cantantes negros, tenía un brillo estelar. La miré y ella se dio cuenta de que la estaba mirando.

En H, le pasamos por al lado al parque de Victor Hugo y en J a la iglesia San Juan de Letrán, con su fachada neo-gótica hecha por los dominicos, y donde me bautizaron a los tres meses de nacido, y seguimos caminando; ella hablando hasta por los codos y yo tratando de no perderle el ritmo, de demostrar interés. Mientras caminábamos, dejé que diera dos o tres pasos adelante para vacilarle el culo, que flotaba y se transparentaba en aquella tela tan finita. El caminao de la hembra que se sabe sabrosa.

A pesar del calor, la noche estaba rica. Me sentía bien caminando junto a Rita, aspirando el acariciador perfume que se había puesto, oyéndola hablar en francés, con algunas frases en español, mientras debajo de los árboles la poquita brisa que subía del mar le movía el *espeldrún* que ella se dejaba despeinar. Aunque era muy temprano, no había un alma en la calle, solo el resplandor de los espantosos televisores soviéticos en algunas ventanas.

Esta zona, lejos de calles muy llenas de gente como 23, Línea o Paseo, era una de las partes que prefería del Vedado. Calles y avenidas verdes, desbordadas de plantas y flores; con árboles centenarios (laureles, álamos, cipreses, cedros, ocujes) y parques a la sombra, con bancos en los que uno se podía sentar y con imponentes jardines; con muchos monumentos de mármoles de todos colores, y palacetes y chalets y mansiones viejas. Un día que estábamos por allí, sin tener nada que hacer, mi padrino Napoleón —el hermano menor de mi mamá, que fue el padre que nunca tuve y mi héroe contra todas las banderas—, que trabajó como mandadero en bicicleta de la panadería Ward, como repartidor de botica y como chofer de alquiler en La Palmera (que después se llamó Los Siete Mares), en la esquina de J y 23; que fue trasnochador consumado, cazador de ladrones y rascabucheadores, y que conocía como la palma de su mano todos los billares, rincones y calles del Vedado, me fue describiendo algunas.

La casa de Orestes Ferrara (convertida en el Museo Napoléonico), la de Fausto García Menocal (convertida en el Palacio de los Matrimonios), la de Juan Gelats (convertida en la sede de la UNEAC), la de los Marqueses de Avilés (convertida en el ICAP), la de Cosme Blanco Herrera (convertida en Teatro Estudio), la de

Josefina García de Mesa (convertida en la Embajada de China), la de José Gómez Mena (convertida en el Museo de Artes Decorativas), el Retiro Odontológico, la Comunidad Hebrea y el edificio López Serrano, con su estilo *art déco* parecido al del Empire State y al de los rascacielos de Nueva York y Chicago, que tantas veces visité porque allí vivía Rafael Saumell, de una sensibilidad artística fuera de lo común, culto desde muy joven y, tal vez, el lector más analítico, estudioso y perspicaz de todos mis amigos.

La Rampa era el centro indiscutible del Vedado, pero todos esos rincones llenos de vegetación, donde eran tantos los árboles que sombreaban una calle tras otra y el sol no llegaba, eran inevitablemente dignos de Lorca: verde que te quiero verde.

Pero también me gustaba esa imagen casi engañosa del Vedado —como de una vieja película americana en colores— que era el regreso de la playa, al filo del crepúsculo, tarde en la tarde. Con el penetrante sabor a arena, a pino y a sal impregnado en el pelo, en la piel y en el paladar. Volver desde Guanabo, de Santa María, de Tarará, me producía —a mí, habanero reyoyo, nacido en J nº 461 entre 23 y 21— la impresión de llegar a La Habana por primera vez; una sensación rara, como si la estuviera descubriendo; y siempre era una sorpresa. Cuando la guagua salía del túnel y subía y las curvas del Malecón doblaban a la derecha y el guaguero bajaba la velocidad y uno podía apreciar la vista, mientras el sol empezaba a ponerse y caía perpendicularmente sobre los edificios y delante se veían los contornos centelleantes —como de óxido de hierro— de esas moles que yo conocía tan bien; y el Habana Libre, el Nacional con sus dos torres, el FOCSA, el Someillán y, más lejos, el Riviera eran cubiertos por una luz desmedida, por un brillo cegador y al cruzar la calle, el mundo era otro y era otra la ciudad y otra la vida; cientos de casas descojonadas, aunque diferentes, de igual color, y a lo lejos, el cielo y el mar que en ese momento del día ya habían dejado de ser azul, para hacerse plateados, como de plomo y sin una sola nube que ensuciara el paisaje.

En el aire se podía sentir el olor a algas podridas, a salitre y a arrecife que venía desde el mar; un olor que por alguna razón desconocida me atraía. Se veía que Rita estaba gozando el paseo con un júbilo de turista, hablando sin parar, con esa animada embriaguez que a veces da el entusiasmo. Yo estaba también de buen ánimo. La noche enseñaba lo que el día escondía y en su magia, la gente se relajaba, se sumergía en la oscuridad y se volvía más igual.

Cuando llegamos a O, doblamos a la derecha, cruzamos la calle y subimos hasta el Capri. «El primer show empieza a las nueve y pico», me dijo. Y encendiendo otro cigarro, mientras mascaba el chicle que sabría Dios dónde había conseguido, agregó: «Tenemos tiempo hasta de tomarnos un trago. Estamos regalaos». Me gustó la frase y se lo dije.

—Oye, eres muy simpática —le dije.

—¿Qué tú piensas? —me respondió al instante—. Soy como el Alka-Seltzer: siempre caigo bien.

A esa hora me acordé miles de anuncios de antes del 59: *Hatuey, la gran cerveza de Cuba*; *Shell con ICA y a coger carretera*; *Gravi, la reina de las cremas dentales*; *Café Pilón, sabroso hasta el último buchito*; *Ironbeer o no beber*; *Con acumuladores Lazo, no hay fracaso*; *Trinidad y hermanos: pruebe y compare*; *Ron Matusalem, hoy alegre, mañana bien*; *Cristal, clara, ligera y sabrosa*; *Mejor mejora, Mejoral*; *Toallas Antex, acarician al secar*;

Píldoras Carter, chiquitas, pero puntuales; Sábanas Palacio, suaves como la seda y fuertes como el lino; Zapatos Ingelmo, una obra maestra en cada par; Competidora Gaditana, el cigarro inigualable; No le diga linda, dígale Camay. Me los sabía todos. Coño, qué gusano era.

Rita saltaba de un tema a otro sin respirar. Me contó que el padre de la niña ni se ocupaba de ella, que llevaba cinco meses separada de un novio que había tenido, un pincho del Ministerio del Interior que le regalaba cosas: perfumes, ropa, aretes, pero que la engañaba mucho. Y, además, le decía que se iba a separar de su esposa y no acababa de hacerlo. Así se metieron un tiempo.

—Me cansé —fue tajante—, y ahora no quiero ningún compromiso por un rato.

Le dije que eso era lo que debía hacer y que, hasta hacía poco, yo también había estado saliendo con una muchacha, pero nos habíamos peleado. «Era militante de la UJC y no quería que tuviera melena», le expliqué y le hablé de la pelea que había tenido con Graciela Martínez. «Decía que era diversionismo ideológico y aunque me gustaba mucho, no la llamé más y desde ese día no he sabido de ella», terminé diciéndole.

—¿Cómo era?

—Era muy jovencita —le dije— y muy cuadrada. Quería que me cortara un poco el pelo, y como no lo hice, nos fajamos.

—Con lo de militante cuadrada me lo dijiste todo— me dijo sonriendo—. Alégrate, hay que despejar el horizonte. A mí me parece que la melena te queda de lo más bien. Te hace un poco *hippie* y otro poco un intelectual de izquierda. A lo mejor pienso así porque soy medio artista.

No me gustó nada lo de intelectual de izquierda —yo era tan gusano que no quería saber ni de *la rive gauche* del Sena—, pero se la dejé pasar.

Por esos días yo había trabajado con un mecánico marino de Marsella con el que había aprendido algunas malas palabras en francés y se me ocurrió enseñarle unas cuantas: *va te faire foutre, se taper une pignole, faire un pompier, baiser, la chatte, la queue* y me di cuenta de que a Rita le divertía ese relajito, como que la excitaba un poco. Pero esquivaba mis disparos con gran experiencia. Sabía lo que estaba haciendo.

Llegamos al Capri y en la puerta del Salón Rojo habló con alguien y le dijo que Elena no cantaba esa noche.

—Qué pena tengo contigo —me dijo desalentada—. Te embullé por gusto.

—No te preocupes —le dije—. No es culpa tuya.

Enseguida me propuso ir al Bar Sirena, que estaba en el Hotel Nacional.

—Conozco requetebién a uno de los camareros, al *maître d'*. Y allí canta Maggie Prior a cada rato. ¿Qué te parece?

Le tiré con un verso de Joan Manuel Serrat:

—Me gusta el juego y el vino, tengo alma de marinero. Vamos.

Caminamos un par de cuadras y atravesamos los señoriales jardines del Nacional, el más clásico de todos los hoteles de La Habana. Llenos de palmas, arecas y terrazas que, al fondo, en lo alto de un promontorio, se abrían al mar y desde allí había una vista lúdica del Malecón, de lo que quedaba del monumento al Maine, ya sin el águila imperialista que tuvieron que tumbar con una grúa (y Picasso que a la larga no mandó la Paloma de la Paz que prometió para colocarla en lo alto del monumento) de madrugada, y uno podía ver la entrada de la bahía, las crestas de las olas en la oscuridad, el horizonte que se perdía en el Golfo. Por alguna razón, los jardines me recordaban a los jardines de los hoteles de algunas películas de Resnais y de Visconti; a *India Song*, de Marguerite Duras —una de las películas más aburridas y a la vez más inteligentes que he visto—, con su decadente aquitectura de los años treinta, y era también *Amarcord* y un poco Jiri Menzel y otro la música nostálgica de las bandas de Guy Lombardo, de Glenn Miller, de Benny Goodman y otro poco Patroni-Griffi y que Helmut Berger bailara con Delphine Seyrig; todo esto combinado.

Bajamos los escalones y nos sentamos en un pequeño *pullman* con asientos mullidos —el vinyl era de los tiempos del capitalismo y estaba todavía tan nuevo que parecía hecho la semana anterior— y cortinas rojas plegadas. La barra era de madera dura, resplandeciente, caoba quizás, a la que daba gusto recostarse y pedir un trago. Repleto de nubes de humo de cigarros, de voces etílicas y de ruido; con la intensidad del nivel de decibeles altísima, todavía sin causarle daño permanente al oído, pero muy por encima de una conversación normal. El aire viciado y el ronroneo de las voces dándole al bar las características de todos los bares de todas las ciudades del mundo: puro monóxido de carbono y olores. Desde que a los dieciséis, diecisiete años le cogí el gusto al alcohol y empecé a beber, me gustaban los bares. Un bar fresco era un lugar muy grato en una noche calurosa; te sacaba de la realidad y te transportaba a otra parte: no tenía que estar limpio ni bien iluminado; bastaba con que estuviera fresco.

Me gustaban, sobre todo, cuando acababan de abrir por la tarde. Cuando no había casi gente y adentro el aire acondicionado estaba a todo meter, muy frío, todo brillaba y el camarero se miraba por última vez en el espejo para ver si llevaba la corbata recta y si estaba bien peinado. Me maravillaba ver las botellas ordenadas detrás de la barra, los vasos brillantes y la expectación. Ver cómo el hombre preparaba el primer trago del día, lo ponía sobre una servilleta doblada al lado. Y beberlo lentamente. El primer trago de la tarde en un bar tranquilo y helado.

Esa noche era la misma noche de siempre; todo el mundo hablando a gritos, nadie escuchaba a nadie, todos aferrados ansiosamente a un trago, la mirada muy alerta, los cachetes enrojecidos, según la cantidad de alcohol consumida y la capacidad de la persona para procesarla. A todas horas en todos los bares uno encuentra este tipo de gente.

Como era martes, el bar estaba bastante vacío. En una mesa, dos tipos trataban de contarse uno al otro el último ligue. Eran los típicos farsantes que uno veía todos los días en la calle. Sentado en la barra, había un flaco medio borracho que no dejaba en paz al camarero, que nada más quería organizar un poco los vasos, las copas y las jarras y lo escuchaba pacientemente con esa sonrisa falsa que pone la gente cuando está haciendo esfuerzos por no mandar a la mierda al otro. En otra mesa, un mulato tirando a jabao vestido con un safari, espejuelos de metal y como cinco bolígrafos en el bolsillo (era casi un uniforme; la pinta de seguroso se le notaba a la legua) le pagaba un jaibol tras otro a una rubia que se veía que le daba tres vueltas. Y un tipo solo, bebiendo solo y pensando solo. No sé quién dijo que hay un hombre triste en cada bar del mundo.

El *maître d'* no se demoró mucho en llegar. Ya mayor, de cincuentipico de años, de impoluto uniforme. Era este tipo de hombre, calvo, taciturno y enteco, cuyo matrimonio con mujeres más jóvenes, por algún motivo, produce unas hijas riquísimas.

—¿Cómo estás, Amable? —lo saludó Rita—. Hacía tiempo que no venía por aquí.

—Muy bien, y tú —le respondió Amable, que gagueaba un poco, entregándole la carta.

Rita leyó la carta por arribita y me la entregó a mí que también la leí rápido.

—¿Qué van a tomar? —preguntó Amable.

—Yo quiero un añejo doble a la roca Havana Club —le respondió muy segura de sí misma, y eso me bastó para saber que era una tiradora larga.

Temiendo lo peor, le pregunté si tenían cerveza y Amable —amable, alcanzable y con un expediente laboral intachable— me dijo que no.

—Cuando no tenemos la nevera rota, no hay hielo, y cuando hay hielo, el camión no viene en una semana —agregó amargamente.

Ni me molesté en preguntar por qué no había cerveza en el bar de un hotel. Era perder el tiempo. Como preguntar por qué no había malanga ni limones ni verduras en un país tan agrícola. Era una pregunta inútil y porque Amable —ya inesquivable, inmarchitable, y destacable— esperaba frente a nosotros que nos queremos tanto y nos preguntaba qué vamos a tomar.

—Entonces, tráeme lo mismo que a ella —le dije resignado.

—Dos añejos dobles a la roca —repitió y se fue.

Amable —agradable, disecable y con una salud formidable— trajo al rato los tragos y los dejó sobre la mesa. Rita levantó el vaso y lo chocó contra el mío.

—Salud, que belleza sobra —dijo mirándome de frente y buscando mi aprobación.

—Salud —dije y tomé un trago largo, mirándola de arriba abajo—. Volví a pensar lo mismo: estaba buenísima.

Dijo un par de cosas y, como si lo hubiera estado pensando toda la noche, me preguntó a rajatabla en francés:

—*Dites-moi quelque chose, est-ce tu as peur de moi?*

Le respondí con la calma del boxeador que, en un *clinch* sabe descansar en el hombro del rival cinco segundos más.

—*Un petit peu.*

No me dijo nada, buscó la caja de cigarros en la cartera y encendió uno. Inhaló el humo y lo echó después al aire. Por el olor, el cigarro me pareció extranjero, pero no le pregunté. Empezó a echar humo y las volutas a volar grises, azules, plateadas hacia el techo. Después de lo que me preguntó, ¿de qué modo podría fajarle? ¿Habrá notado que estaba tenso? El tiempo empezaba a pasar y tenía que decidirme, aunque no me estuviera dando muchos motivos. *It's now or never*, como cantó Elvis Presley en una de las últimas canciones que metió en el Hit Parade antes de terminar gordo en Las Vegas, Nevada.

Esa noche no me cansé de mirarla, de gozarle la risa de paloma cucurrucucú que lanzaba al aire; de escuchar cómo decía un chiste seguido de otro; de verla fumar. Aunque solo he fumado tabacos —siempre con un trago en la mano—, toda la vida he disfutado viendo a la gente fumar. En el cine, nadie ha fumado un cigarro como Humphrey Bogart, como nadie ha fumado un tabaco como Edward G. Robinson o Sydney Greenstreet. Mi mamá y mi madrina fumaban muy bonito, muy femeninas. Mi hermano igual, muy viril, con sus gestos impensadamente toscos. Landy también fumaba muy bien, muy natural. Pero ver fumar a una mujer es algo único y Rita fumaba muy carnalmente, con estilo, con delicadeza. Agarraba el cigarro entre el dedo índice y el cordial, inhalando y exhalando el humo con un vacilón de cabrona sin remedio; abstraída en ese momento de todo lo que no fuera su bocanada. Después lanzaba el humo hacia el techo y mezclaba su voluta con las volutas y los anillos de los demás cigarros. Fumaba elegantemente, como fuman las reinas del *glamour* de Hollywood: Bette Davis, Joan Crawford y Lauren Bacall, sin olvidar a Barbara Stanwyck y a una francesa, Simone Signoret. Cada espiral que expulsaba dejaba ver por un instante un goce experimentado; una fruición matrera y la leve insolencia de la mujer que ha vivido con intensidad. Supo que la estaba contemplando y con sus ojos buscó mis ojos: «Fumar es un placer genial, sensual», cantó teatralmente, imitando a Sarita Montiel en *El último cuplé*. Era una calientapollas de tres pares, locuaz y jodedora y, por primera vez en la noche, me pareció que estaba provocándome de forma abierta.

—¿Pedimos algo de comer? —me preguntó Rita.

—Claro. Vamos a ver qué hay —le dije.

Rita me miró. Hizo un gesto con la boca y sonrió burlonamente:

—Las mujeres con hambre son muy peligrosas —me dijo y terminó el trago.

Poco después le dije a Amable —infatigable, imperturbable y de rostro venerable— que repitiera lo mismo y le pregunté qué tenía de comer. De nuevo, su respuesta reflejó la amargura que tenía: «Nada más que hay jordebres. Pero están muy ricos».

Amable llegó con los tragos y con los *hors d'oeuvre*. Sirvió la comida de forma ceremoniosa. Una bandeja con panecitos calientes envueltos en una servilleta, camaroncitos en salsa tártara, bolitas de queso, pastelitos —todo en diminutivo— y pedacitos de tamal. Parecía más aburrido que un referí en una pelea de aficionados.

Me tomé el segundo añejo doble a la roca. Me sentía bien. Alcides Trujillo, un negro prieto, chévere, amigo del barrio, me decía: «Blanco, lo que pasa con el ron malo es que te regaña la garganta; el ron bueno te baja suavecito, te la acaricia».

—Está muy bueno el añejo —le dije.

Tomó un sorbo, se tragó un pedacito de hielo, se tocó el pelo, se rascó la punta de la nariz.

—¿Qué tú quieres? Es Havana Club.

No sé cómo empezamos a hablar de comidas, de dulces y de postres y le dije que me privaba el flan. Entonces me dijo algo que me sacudió todo el cuerpo:

—Es que no has probado los postres que yo hago. Una tía me enseñó a hacer un pudín inglés que es para chuparse los dedos.

—¿No me digas? —exclamé con toda intención, cogiendo la connotación perversa que sin querer, o a propósito, escondía la frase.

Debió darse cuenta de lo que había dicho porque bajó la vista y se ruborizó, si es que aquella piel del color del caramelo en ebullición se podía sonrojar.

—No quise decir lo que tú piensas —me dijo.

—*Pas de problème* —le contesté.

No hablamos más. Me miró con una sonrisa maliciosa y me dijo:

—*D'accord, mon ami.*

Amable —inescrutable, irrefutable e inescapable— volvió.

—¿Cómo estamos por aquí? —preguntó, inclinándose hacia nosotros, y otra vez pedimos lo mismo.

Ya íbamos por el tercer añejo doble a la roca y Rita estaba como si nada. Conociéndome como me conocía, yo quería ir despacio, no apurarme con el trago; no me podía dar el lujo de ponerme en desventaja. Sin embargo, ella no: bebía con apuro, como si los Marines de la Cuarta Flota de la Armada de Estados Unidos estuvieran a punto de invadirnos. Al ratico, se levantó y me dijo que tenía que ir al baño: «*Je dois aller à la salle de bain*». Caminó como si estuviera bailando. Era un contoneo que le salía espontáneo.

Regresó, acabamos con los *hors d'oeuvre* que quedaban y Amable —inquebrantable, potable y un tipo muy fiable— trajo otra ronda de tragos. Rita se acomodó en el *pullman* y se quedó pensativa. Los ojos habían adquirido un matiz retrechero y la sonrisa era tan amplia como la avenida de los Presidentes.

—Ah, *merde*. Qué rico está todo esto —dijo una vez más en francés. Se mojó los labios.

—Está rico, sí —le dije. Como en todo fajón que se respete, lo que hablábamos era, robándole el adjetivo a Françoise Sagan, banal.

A las nueve y pico, Maggie Prior se subió a una pequeña tarima y empezó a cantar. La acompañaban un pianista, un guitarrista y un saxofonista.

El Primitivo de K, un pintor de lengua viperina que llegó a conocerla bien, me contó que hubo un momento en que, rodeada de artistas, intelectuales y músicos que la admiraban, pese a que eran unas letras ininteligibles que sonaban a jazz, la mulata platinada se creyó de verdad que era una diva y hasta terminó empatada con Julio Cortázar, en uno de sus viajes a Cuba para darse un chapuzón de socialismo antes de volver al aburrido París. La Condesa de Zapata (nombre de guerra de otro amigo cinéfilo, apasionado de Marilyn, Douglas Sirk y Lana Turner; y que adoraba tanto la nariz de Kay Kendall que le ordenó al cirujano plástico que se la arregló a los dieciséis años que se la hiciera como la de ella) que zapateaba todos los sábados los clubs y cabarets del Vedado, en busca de *machangos fabulosos*, me dijo algo parecido: «Eran unos trabalenguas que nadie entendía». Pero Maggie Prior cantaba bien. Empezó con *Gloomy Sunday, Solitude* y *Blue Moon*, y luego *Tenderly, Cheek to Cheek* y *Autumn Leaves*, y al rato *Day In, Day Out*, y también *Stormy Weather* y *Body and Soul* y *Autumn in New York*, y *Fine and Mellow*, y terminó la tanda con *I Get a Kick Out of You*, de Cole Porter. Todo el repertorio de *standards* de las grandes negronas del jazz; de Ella Fitzgerald, de Sarah Vaughan, de Dinah Washington y de Billie Holiday, a la que solo Sara Calvo —que todavía no era mi amiga— idolatraba más que yo.

—Hueles a yerba, hueles a mar, hueles a playa —le dije para romper el hielo vocálico con una frase que había repetido mil veces y que seguía siendo efectiva. No respondió enseguida. Revolvió el trago con el dedo y lo limpió golosamente. Era la forma en que ganaba tiempo para reaccionar.

—Espesa muela me estás dando —me dijo casi en un susurro, bajó la mirada y me observó furtivamente bajo las largas pestañas.

Bebió un buche y siguió hablando.

—A la larga, va resultar que eres un romántico —me dijo. Teníamos las caras a pocos centímetros de distancia.

—Ni María Grever me hace nada —cogí el trago y me lo tomé de un tirón—. No sé si lo sospechas, te lo contaron o lo adivinaste, pero me gustas un montón.

Rita movió mucho los ojos y haciendo aspavientos con la boca me dijo: «*Mon Dieu!*».Yo sabía que ésa era una de las formas de coquetear que tienen las mujeres. Apoyó la barbilla en las manos y me miró fijamente. Eran ojos más negros que la maldad.

—Así que te gusto, eh —dijo. No escondía la insinuación o yo estaba imaginando cosas.

—No pienses mal de mí —le dije con una frase que le robé a Groucho Marx—. Mi interés en ti es puramente sexual.

Echó la cabeza atrás y soltó una carcajada rotunda. Bebió el resto del añejo, sacó un cigarro y le dio vueltas entre los dedos. Lo encendió despacio y sacudió el fósforo hasta apagarlo. Después me tocó el hombro y me dijo: «*Oh, là, là, monsieur. Vous êtes très agressif*».

Me arriesgué y le dije:

—No me sigas puteando que no respondo de mí.

No se acobardó, sino que me miró con más putería. Alzó un poco las cejas, y frunció el ceño. Y era muy sugerente cuando fruncía el ceño. Al rato, encendió otro cigarro y volvimos a beber. Al cabo de cinco añejos dobles a la roca, los estragos se sentían en los dos. Era el momento de atacar más a fondo. La cogí por el cuello y le acerqué su cara a la mía y entonces nos dejamos arrastrar por el ímpetu de la adolescencia.

—Dime una cosa, chico. ¿Tú lo que quieres es besarme? —me preguntó.

—A eso voy —le dije.

Sin lío busqué con mis labios los labios de Rita, los encontré detrás de un jadeo leve y entrecortado, y enseguida sentí su humedad. La saboreé, recorriendo con la lengua la suave superficie del labio superior desde la comisura hasta el centro, y luego al otro lado, y el labio inferior. Abrió la boca para recibir mi lengua y resbalamos juntos en un mismo beso, que sabía a creyón de labios, a hielo, a tamal, a queso, y a añejo Havana Club. Nos besamos con deseo, nos acariciamos sin hablar, con una ternura callada, y me mostró todo lo que tenía de indómita.

Empecé a decirle cositas al oído, me le pegué nada brusco y ella se dejó toquetear, morder, apretar hasta que sacó la lengua y me lamió detrás de la oreja y me olfateó y volvió a hacerlo. «¿Te gusta, eh, cabrón? Dime que sí. Dímelo», me murmuraba muy bajito sin parar y sin dejar de besarme, embriagada como si mordiera una ciruela, perdida con el olor, y me dio un mordisco ávido, masticó la pulpa con un deleite infantil, la saboreó por todos lados y se la tragó poco a poco con un profundo suspiro de la memoria y un brillo desenfrenado en los ojos.

Solo entonces le toqué las tetas a mi antojo por arriba del vestidito amarillo de lino o gasa, le acaricié los muslos y bajé la mano hasta lo que el misterioso Nicolás Lara —negro, poeta y pintor de baja escolaridad, según confesión propia— llamaba el sagrado hoyo negro de la creación o, aun más lírico, «el bajo Egipto», y llegué al fondo. En plena hirsutez de Tina Modotti había un charco de burbujas denso y chapaleante y sentí un olor a mujer tibia, un olor milenario a almejas y mejillones, a bacalao en salsa vizcaína y a gambas al ajillo que surgió como un sirope caliente. Ella tembló un instante, emitió un quejido de gata en celo, y habló con la voz traqueteada del náufrago:

—¿Qué es lo que me estás haciendo? —me dijo y abrió y cerró la boca dos veces sin pronunciar nada más. En la oscuridad del bar, los dientes sanos que no conocían las virtudes de la pasta Colgate le resplandecían.

En plena refriega alguien sentado al fondo dijo altísimo: «Aquí no se respeta que uno viene a tomar, no a ver asquerosidades», pero ni ella ni yo le hicimos caso. Eran las once y media de la noche, Hora Estándar del Este, según Guillermo Portuondo Calá en La Voz de las Américas, cuando todavía besándonos, me despeinó la melena, extendió una mano hasta la portañuela, tropezó con el bulto y mientras me tocaba por fuera del pantalón con cinco dedos ansiosos y expertos que se sentían como si fueran diez, me dijo:

—Ay, papi, estás a mil.

—No pares, sigue —le dije casi sin voz.

La miré; parecía estar en otra galaxia.

—No puedo creer que hayamos llegado hasta aquí —me dijo—. Éramos amigos.

—Ahora somos más amigos —le dije, sin saber qué coño decirle.

Mirándome directamente a la cara, y más puta que las gallinas, me pidió:

—Vámonos a algún lado. Me tienes loca.

Llamé a Amable —moldeable, respetable, y responsable—, pagué la cuenta, salimos y en 23 cogimos una 68 hasta el final del trayecto. Desde allí caminamos hasta 11 y 24.

Hubo muchas posadas en mi vida, aunque a algunas —31 y 2, Villa Cándida, el Merendero, las Casitas de Ayestarán y hasta la Novia del Mediodía, más conocida como la Cama de Piedra — fui más que a otras. Sin embargo, a ninguna fui más que a 24 y 11, probablemente porque me había acosumbrado a ella, porque su nombre me resultaba familiar y porque estaba en el Vedado, donde me pasaba la mayor parte del tiempo.

Pregunté quién era el último y un flaco metralloso gritó: «Soy yo. El último aquí», y nos fuimos a un rincón a esperar. Hicimos una cola chiquita hasta que me llegó el turno. Cuando el posadero pidió el próximo, fui a la taquilla y le pagué los 2.60 por tres horas.

El cuarto era muy chiquito y sórdido. Tenía un aparador color mierda de mono con un espejo pequeño colgado encima, una silla de madera, un sillón de mimbre, una cama con el esmalte desaparecido y una colcha muy ajada y una mesita de noche. Las cortinas de la única ventana estaban sucias, y a la persiana verde le faltaba una tablilla en la parte de abajo. En un rincón había un lavabo con dos toallas deshilachadas a un lado, y menos mal que había un baño estrechito. Cogí el teléfono y pedí dos cervezas. Esa cerveza cubana sin etiqueta, pero buena —tipo *pilsner*, tipo *ale*, tipo *lager*— me supo a gloria. Luego pedí dos más y después otras dos. La cama y la mesita de noche estaban llenas de botellas vacías (una versión criolla de *Días de vino y rosas*, con Jack Lemmon y Lee Remick hechos dos alcohólicos nada anónimos) y nosotros ya estábamos en la recholata.

Miré un poco más alrededor de la covacha adonde habíamos entrado. Había también una silla de aluminio mugrienta que en algún momento fue gris y un espejo grande a un lado de la cama que algún momento tuvo azogue. Para que la gente gozara más, había otro más grande incrustado en el techo, amenazando con caerse. Por supuesto, no había papel higiénico, esa mala costumbre de la sociedad de consumo. Las paredes estaban llenas de graffittis, como en La Bodeguita del Medio, solo que mejor. Aquí no habían fotos autografiadas de Gary Cooper, Spencer Tracy ni de María Félix; ni frases de Hemingway; ni fotos de Neruda con Matilde; ni recuerdos gratos de Constantinopla; ni el Trío de Ñico Saquito amenazando la velada con guarachas; ni el Cuarteto de Alejandría tocando sones; ni Nicolás Guillén (me contaron que tenía allí una mesa esperándolo siempre a que llegara a comer con chiquillas durísimas, preferiblemente rubias altas y escandinavas) riendo en una esquina; ni firmas de personalidades en las paredes, sino un gigantesco hormiguero caligráfico. Todo estaba cubierto. Las paredes, el respaldar de la silla, la cabecera de la cama, el espejo, los azulejos del baño; todo cubierto por completo de letreros, frases, nombres, insultos, mensajes que habían sido escritos con lápiz, con pluma, con pintalabios, con pintura de uñas, grabados con cuchillas y, en el techo, con velas y fósforos. El único lugar de todo el país donde había libertad de expresión. Había para todos los gustos, había de todo, como en botica.

Desde los insultos contrarrevolucionarios más elementales:

Fidel: Me Cago en tu maDre,
Fidel Maricón
Fidel HIJO DE PUTA

hasta los habituales que decían simplemente:

FideL eres peor que Batista,
A Bajo el coMunismo
VIBA CRisTo Rey

y los homofóbicos:

Haga patria. Mate a una tortillera

Había también los graffitti patéticamente románticos, sin duda escritos por una mujer, con una caligrafía que un grafólogo podría calificar de optimista, con las líneas ascendentes, de izquierda a derecha:

Mi Nobio es un Desecho de VirTudeS

Y otro que había escrito un chistoso:

Lo voy a desir en 3 palabras: laS tetas de Daisy son
Im Pre Sionantes

Y otro más, del que se desprendía un verdadero amor:

Iraida y Otto se AMAron en esTe luGar

Y el sarcástico, en el que se ve que los nombres dentro del corazón fueron escritos por una enamorada, pero el comentario que está debajo, lo escribió un hombre resbaloso:

Rolando y Norma
ELLa diCe que lo "Nuestro" Será para SiemPre

Estaba, además, una pequeña obra maestra de cómo el humor puede corregir la comemierdería:

Solo BinimoS a Quererno
Elisita y Eddy

y debajo algún cínico escribió:

Sí, pero AQUI taMbién Se BieNe a SiNgar, CaBallero

El *graffitti* poético:

Mi afición de AMAR a las tembas en Habitaciones
Desconocidas me trajo hasta este cuchitril de mierda

Y otro:

Le dije Mi Bida NO tenGas PeNA, cuenTaMe todoS
tus Coitos y lloró entre mis BRASOS

Y otro:

*Hoy singando senTi una Bos de Otra
Tumba*

Y otro más:

*AQUI la Gente se Holbida de sus (Hijos), de su (ma-
dre), de su padre, de sus llantos, de hacer colas, de
que no hay Café ni Azucar y la consigna es "Singar,
singar, singar". Hay que vibir el MOMento FELIZ*

Y otros muy cómicos:

Cuando le vi el Pene a Ramón quede FumiGada del Susto

*Hoy TemPlaMos Tanto que mi Marido Salio de
Aqui con los TenTaCuloS inflamados*

*Me Gusta Que me HaGan Daño: Soy muy Maso kista.
(Fdo.)
Matilde*

Y otro dramático:

*Aqui entré con alguien Que Creia hombRe y me
Salio Masflorita*

Había uno que no tenía nada que ver con el sexo, pero
que estaba allí también entre todos, como si fuera una
declaración de principios:

Mi TRANCA es de Asero IneXorable

Y otro más:

> *En estE CuartO No se puede Estar, primero hay que*
> *FORNICAR a las MOSCAS y a los mosquiTos*

No me extrañó ver tantos culos, bollos y pingas pinta-
dos. Ya en el período paleolítico nuestros antepasados
pintaban vulvas supurantes y penes erectos. Luego traté de leer lo que con mano temblorosa y letra femenina
alguien había garabeteado:

> *EN ESTE luGar Sufri la mallor deSercion de toda*
> *mi (BIDA)*
> *Migdalia*

Y otro jactancioso:

> *VITICO y Raisa estuBieron Singando cinco Hora*
> *sin saCarla, y al lado la opinión de un incrédulo*
> *que no pudo creerlo: NO jodAs, Vitico, Eso es mEn-*
> *tira, Con el Calor que haCe en este cuarto NO hay*
> *quien pueda.*

Y otro muy sencillo:

> *SAntiago y MaRINA se aMaron A la luz De la*
> *LUNA*

Y otro más decepcionado:

> *AQUI sufrí la desepsión de Un Hombre QUe mE*
> *ProMetio qUe me daría Amor y que MEA doraria*
> *PERO lo quE me diO fue SUFRIMIENTO*

Otro cómico:

> *Vine con una Turti Culis Tan mala Que no pude Ni Singar*

Y otro todavía más cómico:

> *AQUI singamos rico, pero ante nos comimo un plato de Almondrigas que EstaBa Salbaje:*
> *Pepe y Berta*

Y otro amargo:

> *Apesar de ser Tan Joben, e bivido desercionada, pero espero con esta (Fe) TaN graNde que Halgun hombre Halgun dia me comprenda*

Y otro trágico, que hacía que uno se preguntara qué había pasado con esa infeliz que amenazó con suicidarse, y que en su desesperación hasta escribió mal la fecha y la trasladó un siglo atrás:

> *Octubre 22 de 1871 - Aquí SE despidio de la bida una Muchacha henamoraDa pero desidiDA, BeAtriz AlonsO.*

Con una letra pequeñisima, una mujer había escrito:

> *EN eSte LugaR Fui enGañada por*
> *Un HomBre*
> *que ProMetio DarMe AmoR pero*
> *EL reSulTo SER otra cosa...*

Volví a levantar la cabeza hacia el techo y en una esquina, leí:

AQUi eN EsTA PoSaDA
MarLén y MiGueliTo
HeCharon un Palo
TuBieroN un BaTeo se recon
Ciliaron Y Ante
de Hirse bolBieron a Hechar
uN paLo MAS

Y en otra esquina vi un papel escrito a mano y pegado en la pared con engrudo:

PERMUTO
Un cuarto con Garantia Con
freGadero con CoMedor con
Cosina Barba Coa
Con Baño y Balcón ala Calle
En madrid # 379 e/ SaN josé y San LuiS
Jesús DeL MontE
PoR otrO similar En
sanTo Suares
MantiLLa o JacomiNO
PregunTaR por DieGo o Por Maria
Verlo a las 4 DE LA "TarDE"
AGUA tOdo eL diA
GAS De valóN

Después de habernos tomado cinco añejos dobles a la roca, a la quinta cerveza lo que nos quedaba de vergüenza había desaparecido por completo. Nos besamos con una ansiedad sin turbulencias mientras ella se iba quitando la ropa. Rita se encueró rápido y se tiró bocarriba en la cama. Desnuda en la penumbra era más hembra que nunca antes; con unas tetas que no imaginé pudieran ser tan apetitosas, una barriguita que tiritaba a fuego lento y un matorral inexpugnable y oscuro. Era *El origen del mundo*, de Gustave Courbet, y tuvieron que pasar muchos años para que yo lo supiera. Me quedé inmóvil un momento, pero ella se dio cuenta y me sacó de aquel letargo de desamparo con un lance de encantadora de serpientes. Dio la vuelta, se acomodó bocabajo y me hizo contemplar una visión menos brutal de su desnudez. A pesar de las tinieblas, me dejé llevar por aquel olor a bogavante fresco y permanecí así, en un estado hipnótico, tratando de ver con los ojos cerrados lo que no podía ver con los ojos abiertos y aspirando la mariscada de profundidades marinas que me desgarraban el alma. Me acerqué a la cama y me hizo una pregunta que me alteró aun más, aunque a la vez me decidió: «¿No quieres tocarme el culo?».

Eran unas nalgas que se derramaban a la altura de la cintura, eran redondeadas por la curva en forma de guitarra de las caderas —los llamados hoyuelos de Venus; esos huequitos que se forman a los dos lados de la columna vertebral— y quedaban marcadas donde terminaba la ranura que dividía en dos la espalda y empezaba la raja, en una de las mayores fijaciones de los hombres, esa tierra de nadie que es el cóccix. Excitado, con una erección de grumete portugués y, al mismo tiempo intranquilo, me quité la ropa y me quedé en calzoncillos. Luego estiré la mano, le toqué el culo, y entonces encontré en aquel culo calipígico el inexplicable secreto de la vida. Era un culo de una perfección cruel, salpicado en su bondad por unos vellitos casi imperceptibles, que atolondraban y se entretejían en su redondez; la misma pelusa espléndida de los melocotones americanos que se comían en mi casa en Navidad y que para esa época ya habían desaparecido de todo el país.

TIROTEO EN RADIOCENTRO

a Ernesto Castro y Orlando Real,
tantas veces cómplices.

Era un grillo malojero, con un soplo de espontáneo descaro y aspecto de *guaricandilla*, como llaman en Cuba a la mujer muy vulgar. Se llamaba Regla Xiomara —nombre de puta si los hay— pero del apellido no me acuerdo; a lo mejor era González, Rodríguez o Martínez. O quizás Sánchez, Fernández o Álvarez; uno común, de los tantos que existen. Desde que la vi en la guagua en que atravesábamos el Vedado, tres cosas de ella me llamaron la atención: el olor a bebé tierno que salía de su piel, la insolencia de su cara de metralla y que resultaba insoportablemente irresistible.

La conocí el 24 de diciembre de 1972, una Nochebuena aburrida, llena de frustración y más miserable que triste. Sin la familia reunida, sin villancicos y sin nada de comer. Sin los buñuelos rebosantes de almíbar con anís de los puestos de chinos, sin las torrejas caseras acabaditas de hacer ni el espeso chocolate con churros que costaba diez centavos dondequiera. Una época en que el único orgullo de las familias era que no faltara nada en aquellas mesas que se armaban y se hacían largas uniendo dos, y donde se colocaban con esmero el lechón (en la casa más humilde si no había uno entero, por lo menos había un pernil o una paleta), el pollo y el guanajo, que nunca faltaban para que hubiera tres tipos de carnes. Se empezaba tomando cerveza y comiendo chicharrones de puerco recién sacados de la manteca, mientras las mujeres preparaban los rabanitos cortados en ruedas que adornaban el plato encima de la lechuga y los tomates, y los frijoles negros bien cuajados y la yuca con mojo y el arroz blanco o el congrí que los mayores bajaban con vino tinto español o con sidra y después las frituritas de malanga o de maíz. Y las manzanas, las peras y las uvas verdes y moradas y las nueces y las avellanas y ya al final llegaban a la mesa la mermelada de guayaba con lascas de queso blanco, el membrillo y los dulces de las panaderías (señoritas, capuchinos, tarritos, montecristos, pan de gloria —ensiamada en Santiago—, cabezotes, panetelas borrachas) y los hechos en la casa además de los pasteles de carne, guayaba y queso, y los dátiles del Líbano y los turrones de Monerris Planelles: de alicante, de yema y de jijona, que era el único que comía de niño. Y ése era el día que se ponía el arbolito que se decoraba con bolas, luces de colores, guirnaldas, soldaditos, mariposas, lazos, cintas y en lo alto una estrella. Y las figuras de yeso de San José, la Virgen María, el pesebre, el nacimiento, y todo el ambiente estaba listo para otros grandes momentos como eran esperar el Año Nuevo y a la semana, el 6 de enero, el Día de Reyes, que durante toda mi niñez fue para mí el día más importante y ansiado del año.

Otro diciembre sin Navidad, algo que de cierta forma nos había matado un poco a todos.

Habíamos soportado un verano larguísimo, agotador, sin los refrescantes vientos alisios que ensalzaba la triunfalista propaganda turística del gobierno. CUBA, ALEGRE COMO SU SOL. Vino septiembre, llegó octubre y luego noviembre, y el sol era del carajo y siguió el calor camboyano, sin una sola brisa.

Aparte de que vivíamos en un país en que el miedo, las amenazas y la simulación eran la orden del día, de contra, era un país donde no había estaciones. El peor del planeta. Ni siquiera Mongolia era así. Una isla de mierda, sin la sorpresa de la primavera, sin los estallantes colores del otoño ni el crudo encanto del invierno; sin que los árboles desnudos lanzaran su perfil fantasmal contra el cielo encapotado; sin que la hierba de los parques se cubriera con las hojas muertas que cantó Yves Montand. Con los árboles verdes todo el año; sin los paisajes de los almanaques que en el capitalismo regalaban la Esso, la Shell y la Texaco.

Sin embargo, cuando parecía que seguíamos sin esperanzas, como hacía todos los días de su vida, desde que tenía trece años y salía a trabajar en la droguería Sarrá, de Teniente Rey esquina a Compostela, mi abuela se levantó a las seis de la mañana, se asomó a la puerta, contempló el cielo y, mientras preparaba el poco café que había , dijo escuetamente: «Va a venir frío». Y no se equivocó.

Por el mediodía se veía que el clima iba a cambiar. La tarde se puso gris; cogió un tono entre humo y ceniza, con algunos destellos semirrojizos que se escondían detrás de las nubes altas y, a medida que oscurecía, los edificios, los monumentos y los jardines se nublaron y el frío empezó a bajar. El invierno estaba llegando a La Habana.

Al anochecer, la ciudad se hizo otra; sin una nube ni una estrella, flotando en un limbo de Berlín, y del mar soplaba una ligera ventolera llena de fragancias húmedas. Uno de los poquísimos días del año que podíamos comprobar que el invierno existía, que no era un invento del imperialismo yanqui.

Después de la opresión del verano, la llegada del primer frente frío, era un acontecimiento que se esperaba con ansias y la gente aprovechaba para disfrazarse. Dejaban las camisas de manga corta, los pulóveres, las blusitas de algodón, y sentían arriba el peso de un abrigo, un impermeable o un sobretodo. Sacaban de los escaparates, chiforrobers y armarios la ropa vieja, el aburrido panorama variaba un poco y la calle se transformaba. Se llenaba de mustios cardiganes, de bufandas deshilachadas, de gorros, boinas y sombreros usados; de gabardinas anticuadas y *jackets* de cuero resecos; de macferlanes ajados, gabanes raídos y hasta de guantes desahuciados. Los chubasqueros amarillos de vinyl, que venían de Checoslovaquia se veían por todas partes.

Al cabo de una década de haber desaparecido de las tiendas, del Tencén y de las quincallas del barrio, mucha ropa olía a bolitas de naftalina. Era un aroma que me transportaba inevitablemente a los inviernos de mi niñez, donde tan cerca viví de toda mi familia, sin embargo, más que nadie, de mi madrina Yolanda, una de las dos hermanas de mi mamá.

Madrina se parecía a Ida Lupino, aunque más linda. Era bajita y muy enérgica, con un culo muy parado del que se vanagloriaba, y un pelo radiante que se cortaba ella misma al estilo *italian boy*, que por aquel tiempo estaba tan de moda. Tenía piernas torneadas en un cuerpecito de bailarina traviesa, una personalidad pícara y unos ojos negros y vivos de pájaro alegre que permutaban de luz y le iban muy bien a sus estados de ánimo. Era muy cariñosa y desde que nací me convertí en el hijo que todavía no había tenido. Me malcriaba como le daba la gana, me compraba juguetes y ropa y me complacía en todo. Quizás fue la persona que más quise en esa época de mi vida.

Yo estaba todo el tiempo detrás de ella para dondequiera que se moviera en la casa y Madrina me decía que era su «perrito faldero». Y: «Tú y yo somos iguales: muy blancos, muy escrupulosos y muy presumidos». Y también: La complicidad entre ella y yo era tanta que más de una vez nos adivinamos el pensamiento.

El espíritu más independiente de la casa era Madrina y, al contrario de sus hermanos, tenía una lengua suelta que no reprimía bajo ninguna circunstancia y era de genio atravesado. No le aguantaba nada a nadie, trabajaba como activa sindicalista en los laboratorios Sterling, era militante del Partido Socialista Popular, amiga de Lázaro Peña y Blas Roca, y su franqueza fiera a la hora de decir las cosas a cualquiera, en el trabajo o en la calle, le creó la reputación de tener el carácter más fuerte de los cinco hijos de Quintín y Sarah. Además, era quien sacaba la cara por sus hermanas.

Mi mamá iba una vez con ella de pie en un tranvía cuando un manomuerta le tocó el culo varias veces, se le pegaba y la tenía acosada sin dejar que pudiera moverse del lugar. «Yolanda, este tipo no me deja tranquila», le susurró angustiada. Madrina no lo pensó un segundo, dio un paso hasta donde estaba el hombre, se quitó un prendedor afilado que llevaba en el vestido y lo pinchó con violencia en la portañuela. El tipo se bajó dando aullidos de dolor. «¡Para que te le pegues al coño de tu madre!», le gritó. Otro día, estaba con mi tía Nenita en uno de los aires libres del Prado, ella tomándose una cerveza y Nenita una Salutaris, cuando un hombre se acercó a molestarlas y ella lo espantó diciéndole horrores. Y una tarde, en pleno Galiano y San Rafael, le dio un galletazo a un negro enorme que se atrevió a decirle un piropo indecente.

Una noche de noviembre de 1955, Madrina salió al cine con una amiga y cuando llegó a la casa lo hizo con un entusiasmo que no le había visto antes. Venía de ver *La comezón del séptimo año* y acababa de conocer a Marilyn Monroe. Desde que llegó no paró de hablar de la película pero, sobre todo, de la protagonista, que entonces era desconocida para todos nosotros. Estaba tan embullada que mi abuelo, siempre curioso por las mujeres, le preguntó cómo era.

—Una rubia graciosísima, con un cuerpazo tremendo y una cara preciosa —le contestó—. Nunca en mi vida he visto ninguna mujer así. Tiene algo de otro mundo.

Al otro día me llevó al cine a ver la película. Descubrir a Marilyn Monroe en la oscuridad del cine Tosca junto a Madrina fue una de las grandes revelaciones de esos años, y siempre, cada vez que le pasaba al Tosca por al lado, me acordaba de ese día.

Eran los años de popularidad de cabarets como el Alí Bar, el Sierra y el Palermo; de la fama del Conjunto Casino, Fajardo y sus Estrellas y la Orquesta Riverside; del dominicano Alberto Beltrán con *Aunque me cueste la vida El negrito del batey*, y del *crooner* italiano Ernesto Bonino con *Lluvia*. Madrina, que tenía un oído atento para la música, le enseñaba las canciones a Mario López, que era novio de ella: lluvia, que golpeas mi ventana con tu suave tintineo, cuántos recuerdos.

De origen muy pobre, y después de trabajar desde niño en mil oficios hasta que se convirtió en el chapistero estrella de la empresa de autobuses Santiago-Habana, a la hora de salir Mario se vestía con estilo, con traje o saco deportivo, con corbata, y con zapatos relucientes en combinación. A los veintidós años —Madrina le llevaba ocho años— Mario quedó hechizado la noche en que ella lo invitó a la casa para presentárselo a la familia y con sus artes de cocinera experimentada le preparó un plato de arroz con calamares en su tinta que lo dejó aturdido para siempre.

Ese es el recuerdo que tengo de aquellos inviernos; el olor a naftalina, y Madrina y Mario tarareando mil canciones, los dos arrebatados de amor y gritándole a todo el mundo su felicidad.

Todo el que haya estado allí, que haya vivido ese momento, sabe cómo era el Vedado en invierno. Con la noche que bajaba antes de hora, el ruido cercano del mar picado y el norte que entraba estrepitosamente, con poderosas ráfagas, se sentía como un rugido y levantaba olas que alcanzaban una altura de ciclón y el sabor a sal se impregnaba en los muros, en los árboles y en la cara y en la piel; salpicaba las paredes, las azoteas, los bancos de los parques, las puertas y los balcones; y llenaba de salitre el aire, la estatua de granito negro de Calixto García al final de la calle G, el Parque Martí, la Casa de las Américas, el Hotel Presidente, el Carmelo de Calzada, el Trianón, y la bodega de G y 17.

En medio de la ropa que la gente sacaba, la ciudad se volvía casi irreal. Las marejadas en el Malecón, el oleaje picado con peligro para la navegación por todo el litoral, las inundaciones costeras, las olas gigantes que saltaban sobre el muro y mojaban a los que pasaban por allí y a las máquinas que se apuraban en escapar. La gente exhibía su pobre ropa de invierno, estábamos más contentos, se sentían más elegantes y uno se evadía momentáneamente de la realidad.

Nos sentíamos diferentes. La tensión, la frustración, la certeza de sentirnos acorralados y vigilados se aliviaba, y el estado de ánimo mejoraba; como si durante dos o tres días el socialismo desapareciera. Alguna vez que entró un norte, mi mamá —amante incorregible del cine, y gracias a quien toda mi infancia estuvo llena de películas—, me dijo algo que no olvidé, que no quiero olvidar: «No sé por qué el invierno siempre me recuerda a una película de la Warner Brothers». Tal vez no se imaginaba toda la razón que tenía.

Había tenido un examen de italiano en la Lincoln y cuando lo terminé, salí apurado de la escuela y me encontré que estaba lloviendo. En diciembre, a veces se veían estos aguaceros que acompañaban al frío. Eran breves e intensos y parecía que se va a acabar el mundo y todo se volvía de un gris humilde.

Escampó un poco y corrí a enfrentarme a mi fortuna. Aproveché y subí hasta la parada de Línea y H, invariablemente llena de gente, sin un techo donde guarecerse, y yo sin un paraguas ni un sombrero ni una capita de hule para taparme. Me fui saltando charcos de agua sucia, mientras trataba de cubrirme con un *Juventud Rebelde* atiborrado de las mismas consignas y de noticias redundantes que mareaban: *¡VIVA EL FRENTE UNIDO DE KAMPUCHEA!*, *Implanta récord Ubre Blanca al producir 110 litros de leche, Recorre Almeida Polonia, Recolectan diez mil quintales de papas en Manzanillo* y *¡¡¡NADA NI NADIE DETENDRÁ LA MARCHA GLORIOSA DE LA REVOLUCIÓN!!!*

El periódico soltaba gotas, manchas y salpicaduras y chorreaba tinta roja y negra, como un burdo cuadro de Jackson Pollock a dos colores. Acababa de sonar el cañonazo de las nueve, y solo quería regresar cuanto antes; no tenía nada que hacer y si no había apagón, por lo menos podía leer un rato. Leía todo lo que me caía en las manos; desde clásicos como *El lobo estepario*, de Herman Hesse, *La condición humana*, de André Malraux, y *El filo de la navaja*, de Somerset Maugham, hasta mierdas intragables como *La última mujer y el próximo combate*, de Manuel Cofiño, *Sacchario*, de Miguel Cossío Woodward, y *Las cercas caminaban*, de Alcides Iznaga. Esa era la única ventaja que tenía el socialismo sobre el capitalismo; todo estaba tan jodido, la vida era tan mierdera y uno se aburría tanto que se encerraba a leer y se volvía culto sin ser libre.

Me puse a esperar la 68, pero, como hubiera dicho Hugo del Carril, las guaguas bajaban turbias. Estaban peor que nunca y sabía que me iba a costar Dios y ayuda poder coger alguna. Había un chiste que decía que para coger una guagua, hacían falta tres cosas: la inteligencia de Capablanca para saber dónde va a parar, la velocidad de Figuerola para alcanzarla y los cojones de Maceo para ir colgado como un rácimo de plátano. Pasó una a mil y no paró. Luego pasó otra y tampoco paró. Y después pasaron varias más y ninguna paró. A la media hora, una paró cuadra y pico más alante para que se bajaran una mujer en estado y un hombre con una niña. Diez personas corrimos detrás de la guagua, y nada más que tres la alcanzamos por detrás: nunca supe si subí o me subieron. Nos montamos en la punta del estribo de la destartalada Leyland inglesa, que al cabo de tantísimos años soportaba hacer el viaje con más de cien sobrevivientes a bordo. De milagro pudimos entrar cuando las puertas casi se cerraban, y la gente hasta nos aplaudió.

No me quedó más remedio que dar el medio para que de mano en mano llegara hasta la alcancía —*EL PAGO DEL PASAJE ES UN DEBER SOCIAL* decía un letrero al lado del chofer— ante la inquisidora presencia de un militar que me taladraba con la mirada. La guagua estaba repleta, y pude dar unos pasos, en medio de empujones, codazos, unos olores terribles y mujeres que decían «¡Pasa, pero no me repelles!», «¡Oye, tú, sépárate un poco!» y «¡Tremendo atraso tienes!». Si en la obra de Marcel Proust los perfumes tienen un lugar privilegiado, el hedor humano era lo que predominaba en las guaguas habaneras. No se me olvidará lo que pasó una noche que regresaba de Guanabo en una 62. Había dos rusos que olían a podrido y aunque la gente trataba de alejarse de ellos, nadie podía por lo atestada que estaba. En eso, en medio del silencio que daba el cansancio de un día de playa y con las luces apagadas porque ya habíamos cogido la carretera, un negro gritó: «¡Caballero, nosotros tenemos fama de tener peste, pero la de estos bolos no tiene nombre!». Los rusos, que no sabían de qué hablaba el negro, sonrieron un poco, dijeron jarachó, ja, espasiva y la guagua entera estalló en una carcajada cruel.

Esa noche yo era un ejemplo latente de lo que se consideraba un agravio a la moral revolucionaria. Tenía puesto puesto un suéter azul de cuello de tortuga con rayas blancas, un saco de pana negro que me robé al descuido de una pizzería de Varadero en el Festival de la Canción de diciembre del setenta, un pantalón gris de corduroy —el mejorcito que tenía—, un par de mocasines de piel de cochino que mataban canallas que me había mandado a hacer con un zapatero de la Virgen del Camino que se robaba el cuero del consolidado, y un cinto anchísimo por el que la policía se llevaba preso a cualquiera. Me había afeitado bien, y me había echado una melancólica gotica de un Paco Rabanne que me habían regalado, y el perfume era algo tan poco acostumbrado, que se podía oler en Batabanó. Para rematar, tenía unos espejuelitos montados al aire que no me quitaba ni para dormir.

Los espejuelos habían sido de mi bisabuelo y sobrino nieto del almirante Pascual Cervera, quien pasó a la historia por su enfrentamiento con los americanos en la batalla naval de Santiago de Cuba; un combate que perdió de una forma tan desastrosa que se conoce como uno de los peores de la armada española. Una tarde que mi abuela estaba en su cuarto arreglando las gavetas de un escaparate, yo pasé por el pasillo, la vi revolviendo cosas, le pregunté qué estaba haciendo y me los enseñó. «Desde que mi papá se murió de gastroenteritis bacteriana, los he conservado», me dijo. Estaban envueltos en un pañuelo de seda verde metido en una cajita de tabacos Partagás; eran chiquitos y redondos y con una montadura de metal.

—Son de vidrios naturales —me dijo, mientras estiraba la mano para mostrármelos—, porque a principios de siglo la gente tenía la costumbre de usarlos aunque no tuviera nada en la vista.

Y me enseñó un retrato de su padre con ellos puestos.

Guillermo Cervera Franquet, director de la escuela pública número 35, de Cabañas, Pinar del Río, estaba sentado y cargaba a mi abuela —una niña de nueve años— en las rodillas. Casi la misma foto de Martí con María Mantilla. Era menudo y pálido, con los mostachos de Guy de Maupassant y una cabellera de hombre serio. Llevaba puesta una discreta levita de maestro bueno, una corbata florentina, un sombrero de paja de Italia y los lentes vetustos que habían sobrevivido al fuego de los años y que en ese momento yo tenía en las manos.

Eran igualitos a los de John Lennon y me quedé sin saber qué hacer. Di un brinco y le dije:

73

—Abuela, son las gafas más famosas de todo el mundo.

—Ay, mijito —se rió—. Son espejuelos de chino viejo. Como los de Máximo Gómez.

—¡Abuela, son los espejuelos de John Lennon! —alcancé a decirle, dándole un grito—. ¡Tienes que prestármelos!

—Ni muerta —me dijo—. Eran de mi papá y para mí son sagrados.

—Por Dios, Abuela —le supliqué—. Aunque sea para salir con ellos esta noche.

En ese momento se apareció Chelo, una vecina de nosotros y uno de los seres más estúpidos que he conocido en mi vida. Sin que la invitaran, se metió en la conversación:

—¿Los espejuelos de Lenin? —preguntó asombrada.

La hubiera matado. Le dije que no eran de Lenin, sino de uno de los Beatles, los músicos más grandes que han existido, pero Chelo no sabía de quiénes yo estaba hablando. Su gusto musical era la Ritmo Oriental, Kino Morán y, si acaso, Orestes Macías. No le hice más caso a Chelo y le dije a abuela: «Préstamelos, aunque sea hoy». Me los puse y fui al baño a mirarme en el espejo. Cuando me miré, sentí un escalofrío tibio que me bañaba el cuerpo.

Entonces, ella se levantó de la cama donde estaba sentada, me miró a los ojos con una ternura inmensa, y con la sonrisa que yo le conocía desde que nací, me dijo:

—Te los regalo.

Me quedé tan maravillado que no atiné a darme cuenta de lo que había pasado. Aunque nadie la había visto llegar, mi tía Nenita (se llamaba Sara Esther Antonia Gregoria Ursula de las Mercedes, pero siempre, desde que nació, se le dijo Nenita y con ese nombre la conocía toda la familia, amigos y vecinos) la primera de los cinco hijos que tuvieron Abuelo y Abuela, que no aprendió a leer ni escribir nunca después que a los siete años le dio meningitis y que murió virgen de cuerpo y alma a los setenta y cinco años y era un personaje distinto a todos —cogía frases del radio, del cine y de la televisión y no paraba decir dicharachos— estaba oyendo todo desde el *hallcito*, como le decíamos en mi casa al pequeño vestíbulo que iba de la sala a los cuartos. En un momento entró, me vio con ellos y con su simple sinceridad resumió como nadie ese momento trascendental de mi contentura: «No te cabe ni un alpiste en el culo».

Y no me quité las gafas hasta que un día se me perdieron en la playa.

Así iba yo, con la esperanza de llegar a la casa y leer un poco. Empecé a caminar por el pasillo con mi sempiterna cara de tranca (había aprendido que en una guagua había que poner un rostro hosco para que te abrieran paso, te respetaran un poco y no te jodieran) y vi que en el fondo iban sentadas dos mujeres que me miraban con una insistencia faraónica de aguacateras a la deriva.

Con las hormonas alborotadas, por esos años estaba alerta a cualquier cosa que apareciera. Me daba lo mismo un fajón a lo cortico, una apretadera a largo plazo que un talle vándalo: todo era bienvenido. Traté de avanzar hacia ellas para ver qué me reservaba el destino.

El agua me chorreaba por la melena, por el bigotazo de Régis Debray que me mordía al hablar y por las largas patillas, más pobladas que las de Jim Morrison en *The Ed Sullivan Show* . Sabía que ni de lejos era el bonitillo de Alain Delon, en esa época el ejemplo máximo de belleza masculina, pero —por suerte— tampoco era Leo Brouwer, un pavoroso híbrido de pescado con hindú; virtuoso guitarrista y compositor, y a quien su mujer, la fogosa suicida Yolanda Brito, convirtió en marido cornudo, apaleado y contento, después que vio la obra de Alejandro Casona más de diez veces en el Guiñol.

Las dos eran muy diferentes entre sí. Una era una trigueñita de veintipico de años, muy linda —colirio para los ojos— , que tenía sin saberlo el pelo a lo Louise Brooks; un *garçon* que le enmarcaba, a manera de casco, la cara y dejaba la nuca al descubierto; una boca llena, de cabrona, y unos grandes ojos café de los que hablaba Roberto Jordán en la canción que le robó a Van Morrison. Con pestañas espesísimas que se levantaban como toldos hacia el mismo cielo que vio morir a Ignacio Agramonte hacía casi cien años atrás. Las tetas eran tan grandes que aunque no quisiera le reventaban el pulóver de lana que llevaba puesto. La otra era muy flaca, escuálida, tenía tetas de gata sietemesina que se notaba llenas de una energía secreta, y unos ojos indolentes, muy azules (detrás de ellos estaba la aturdida mirada del guajiro; una expresión entre desconocimiento y total imbecilidad: no hay más que acordarse de las fotos en que todos miran a la cámara con la mirada desconcertada), sin brillo; la piel desteñida, muy blanca; ese tipo de piel que se nota se va a llenar de arrugas, surcos y de patas de gallina cuando la persona envejezca un poco, como se ha visto a Shirley MacLaine sin maquillaje en medio de los ensayos. A lo mejor era de Pinar del Río, donde hay tantos rubios, colorados y de ojos claros. La cara de perrita pekinesa no decía nada (una boca entreabierta, como si le costara trabajo respirar porque padeciera de adenoides, una nariz chata y una quijada de pollo goloso), y dejaba ver el desasosiego de un gorrión en cualquier esquina de Pigalle. Tenía el pelo rubianco, lleno de horquetillas, se había echado libra y media de colorete y, a pesar del frío, estaba vestida con una minifalda verde chillón cortísima, un suétercito rojo —el color de los papas, la Caperucita y las putas— de póliéster y las chancleticas metededos que mandó Ho Chi Minh de Vietnam en los años sesenta y que llenaron todo el país.

Se veía a la legua que las dos eran dos corrientuchas criadas a chícharo, música de los Van Van y macarela, pero algo diferenciaba a la flaca de la otra: se veía descomplicada, tenía una mirada lasciva y era tan joven que era casi una niña.

Empecé a hablar con las dos, pero evidentemente a quien le estaba llamando la atención era a la flaca.

Yo sabía que tanta miradera no era solamente de admiración por la ropa que llevaba puesta, sino que era además una abierta declaración de putería más que de satería. La alacrana de la cortísima minifalda verde chillón estaba en algo, quería divertirse un poco: *ese huevo quería sal*, para decirlo con uno de los dichos más usados por mi familia. Hablaba un idioma corporal que me resultaba demasiado conocido, con esa voraz complicidad y ese poco recato que tienen las cubanas (yo no conocía a otras mujeres, salvo un romance fugaz con Geneviève, una francesita que conocí en Santa María; dos o tres salidas con Beatriz Schneider, una chilena con antepasados alemanes que conocí en una función de *Don Gil de las Calzas Verdes* en la Hubert de Blanck; y un par de apretones con Hana o Jana, una checa que estudiaba inglés en la Lincoln y que no olía a rusa) a la hora de putearle a un hombre. Una de las maneras de medir la putería de una mujer es contar las veces que hace visajes, las veces que se ríe por gusto y las veces que entorna los ojos. La personaja hacía visajes, entornaba con impudicia los ojos, hacía morisquetas, muequitas, se tocaba el pelo y cosas así. Y me les paré al lado. Cuando uno era joven, no tenía un quilo arriba y el futuro pertenecía por entero al socialismo, uno se lanzaba rápido, y la verdad es que yo no perdía mucho tiempo. Saludé a las dos con un movimiento de cabeza y, mirando directamente a la rubia de la verde chillón y cortísima minifalda, como acosumbraba a hacer, busqué un pretexto para sacarles conversación y empezar a darles muela.

—¿Esos dientes son tuyos o son postizos? —le pregunté, sabiendo de antemano cómo iba a reaccionar. La bola de humo tenía una dentadura lindísima y muy limpia a base de mucho bicarbonato y magnesia; unos dientes que no conocían el hilo dental ni el Listerine por culpa del imperialismo yanqui. Le iluminaban la cara cuando sonreía. Seguro que se sentía bien con ellos.

—¿Qué le paza a ezte? Eztá mal de la cabeza o qué —dijo mirando a la otra.

La carretilla se rió, miró a un lado y a otro y, chamullando un habanero nasal, me respondió: «Olle, ¿qué es lotullo? Claro que zon mío», y miró de nuevo a la amiga en busca de aprobación en su desarrapada salacidad. Noté que se fijaba en la melena que me chorreaba agua, y en una pausa le dije: «Me empapé». Ella asintió y mencionó algo de los aguaceros. «¿Tienes algo para secarme?», le pregunté, y me dijo que sí y sacó un pañuelo de la cartera. «¿No te importa si lo mojo?», le pregunté, y me respondió: «No hay lío, dale», y me sequé el pelo, la cara y el bigote y después lo exprimí en el piso y se lo devolví. «Está bonito», le dije elogiando los muchos colores del pañuelo y ella me respondió aun más chusma que la vez anterior: «¿Qué tú cree? Ez griego».

Con la misma, se ofreció para llevarme el maletín de nylon que una chilena que había conocido un año antes en el Hotel Presidente (convertido en cuartel general de los chilenos de la Unidad Popular que llenaban La Habana, en medio de la estampida que vino tras el golpe de estado que dio Pinochet y que tumbó a Salvador Allende) me regaló y que yo llevaba a todas partes, desde que salía por la mañana para ir al trabajo. Me había acostumbrado tanto al maletín que no podía salir sin él, porque era como si me faltara algo, como si me sintiera desnudo, y porque en tiempos difíciles, ¿algo hay mejor que un buen maletín para la construcción y la trinchera? El maletín era ideal para guardar en él cualquier cosa que me encontrara en el camino, meter en él cualquier artículo de oficina que apareciera; lo mismo una presilladora que una ponchadora; unas tijeras que un pomito de goma de pegar, un compás o una cinta de máquina de escribir pero, más que nada, un libro, mis víctimas más propicias. Aparte de papeles sueltos, tenía dentro una agenda de 1971 obsequio de la revista *Mar y Pesca*, un portaminas apátrida —que ante la ausencia de lápices y bolígrafos necesitaba para traducir—, y un libro: *L'homme révolté*, el extraordinario ensayo de Albert Camus, echado al pico una semana antes en la biblioteca de la Alianza Francesa .

Le di el maletín a Juana la Virulilla y le pregunté si conocía a Desafinado, el que cantaba canciones de amor y de muerte.

Me miró aterrada. Pero yo seguí sin importarme si me entendía o no: la noche iba a estar buena.

—¿Qué tú dice?

Le expliqué que era un amigo mío, y al ratico la trigueñita con el peinado como el de Louise Brooks le dijo: «Bueno, bruja, me quedo aquí», le gritó algo al chofer, las dos se despidieron con un beso y se bajó. Yo seguí disparándole y a los dos minutos supe que con ella no había que hablar mucho: como Stefania Sandrelli en *Yo la conocía bien*, no era solamente una carretilla, sino que, como decía mi hermano en su jerga guaposa, para resumir que una mujer era mucho más que algo serio: *cocimiento de bisagra*. A mi amigo Abstemio Cruz (que no se llama así, pero yo se lo puse por el odio tan virulento que sentía por el alcohol), autor sin saberlo de ácidas frases antológicas como «Mi oculista me tiene prohibido leer a César Leante», «Detesto tanto el sol que ni abro la puerta para recoger las cartas en el buzón», y «Pastor Vega va a pasar a la historia del cine cubano como el marido de la mujer que leía los intertítulos de las películas silentes los martes en la Cinemateca»; cáustico, mordaz, conversador desbordante, enamorado implacable del chocolate, *golden boy* de la Universidad de Oriente y uno de los dos o tres tipos más inteligentes, inquisitivos e ingeniosos —para solo usar adjetivos con i— que he conocido, le gustaba decir: *llevaba la sexualidad a flor de piel, como un perfume barato.*

Hablando de esto y de lo otro, seguí sacándole conversación, diciéndole boberías, y cuando vine a darme cuenta, ya estábamos en algo.

—¿Cómo te llamas? —le pregunté.

Se turbó un poco y no me dijo el nombre. Se lo volví a preguntar.

—Te baz a reír de mí —me dijo. Ez muy largo.

La miré muy serio y le dije bajito:

—No, dale, dímelo, no me voy a reír —le aseguré—. El mío también es largo.

—Me llamo Regla Xiomara Caridad de Jesús—me dijo—. Pero toel mundo me dize la Guajira.

Me quedé paralizado y no le respondí nada. Cojones. Le habían puesto uno tras otro tres de los nombres más feos y que más yo detestaba desde que era niño. Cada cual tiene el nombre que se merece. Hay nombres para todo el mundo y más de una vez he pensado que una persona no podría llamarse de otra manera, sino como se llama. Pero esos cuatro nombres eran demasiado.

Desde que cogí el hábito de la lectura, me puse a enredarme con las palabras y a pensar en los nombres de todo tipo que escuchaba a diario. Empecé a detestar unos y a querer a otros. Cualquier nombre con Z me resultaba —me resulta— odioso: Zenaida, Zoila, Zaida, Zulema, Zoraida, Zita y Zunilda. También los nombres con I: Idania, Isolina, Iselda, Inmaculada, Ida. Por el contrario, los nombres calientes me atraían, y todas las Marilú, Beatriz, Leticia, Ninfa y Elsa que he conocido son unas hembras buenotas, lindas y unas jodedoras empedernidas, mientras no hay una sola Niurka, Tamara, Lissette, Diana (un caso de apropiación: muchas niñas nacidas en medio de la fiebre de la canción de Paul Anka recibieron ese nombre), Oneida, Ofelia o Natalia que no sea un bombón. No soportaba los nombres de viejas —Delia, Amelia, Digna, Eulalia y Vicenta— y, en cambio, me gustaban los nombres italianos —Mónica, Romina, Claudia, Rosanna, Loretta— y hasta los rusos: Katia, Tatiana, Irina, Liuba y Ludmila. Por puro amor por el cine, cualquier nombre que me recuerde una película me va a caer bien —*Gilda*, por Rita Hayworth, *Laura*, por Gene Tierney, *Viridiana* por Silvia Pinal— y todos los nombres con S me gustarán siempre: Sara, Sofía, Susana, Sandra y Soledad. Y no puedo pensar que alguien se llame Lolita y no asociarla con la nínfula de Nabókov. Los nombres con R —Rocío, Raquel y Rosario— me gustaban, pero tendrían que pasar años para llegar a adorar uno: el nombre bíblico de Ruth.

Regla Xiomara era el colmo de la ordinariez, no tenía cómo escaparse de eso, pero no me quedaba más remedio que comérmela con papas fritas.

Como decía un amigo mío maricón —en la frase no hay nada de homofóbico porque él mismo se describía así: «Nada de homosexual, ni de mariquita, sino maricón, que es una palabra sonora y fuerte que no me asusta. Una de las palabras más vitales que se hayan inventado en el idioma español. Como *bongó*, como *congrí*, como *tumbao*. O como otras dos de mis preferidas: *quimbombó* y *pimpampún*»—, era una *pelandruja de orilla*. Casi no sabía hablar y, de contra, ceceaba. Como Reinaldo Arenas, como Armando Hart y como el pajarraco Gustavo, el padre de mi vecino Robertico, a quien mi mamá, siempre burlona, le puso «Zoilo, Zoilito, no zalgas Zuzana» por hablar con más zetas que el Zorro. Era algo extraño, pero juraría que hablaba con abundantes faltas de ortografía.

De buenas a primeras, empezó un parlamento sin fin.

—Tú me bez halegre azí, pero no balla a penzar que zoy cualquiera coza —me dijo.

Empecé a pensar en *Un oficio del siglo XX*. También en G. Caín.

—No, no soy la biblia del cine —le dije—.

—Mi formato no me lo rompe nadie.

—El cine soviético cabalga de nuevo.

No dijo nada. Me miró con la mirada perdida.

—No zoy nada varata.

—Me imagino —le dije—. *Spillana macabra*.

Siguió sin decir nada dijo nada. Me miró como si le hablara en marciano.

—Dejame dezirte que no soy ninguna ipocrita porque ze ezté bendiendo cara por ay como si fuera zeñorita, pero tanpoco zoy ninguna limoznera.

—¿Quién mató a Hegel Valdés?—le dije.

No me hizo caso. Ni de lejos me hizo caso. Era filósofa.

—El ziztema decallente que ay en el mundo acaba con todo, pero miz parámetro no me los rompe nada ni nadie.

—El luto sienta a Lambetti —le dije.

Ni me contestó.

—Llo tengo la locura erencia de familia. El loco zoy yo y estoy aquí, maz tengan cuidado que pueden morir.

Me disparó con una canción de los Bravos.

—Verde que te quiero Hitch —le dije.

Me sentía fresco, suave y curado de espanto.

—Boy buzcando un amor que quiera comprender, la alegría y el dolor, la ira y el plazer. Porque no tengo prinzipio, ningún consepto ninguno de relijión ninguno.

Sacó a Massiel: es más fácil encontrar rosas en el mar. Salté para *Besos robados*, mejor para *Baisers volés*, como prefería decirle.

—Antoine Doinel, Antoine Doinel, Antoine Doinel, Antoine Doinel, Antoine Doinel, Antoine Doinel —le dije.

—Dezde mi alcoba beo a la gente pazar, sin importarle mi dolor. ¿Qué tu dize? Olleme, a pesar de mi innoranzia y que no fuy a la esquela zoy una muchacha muy zutileza.

Se puso seria y metió a Rita Pavone. ¿Sería agnóstica, taquicárdica o catatónica?

—Fabienne Tabard, Fabienne Tabard, Fabienne Tabard, Fabienne Tabard, Fabienne Tabard —le dije.

—Una carta boy a escribir y quisiera no llorar. Taz bolao.

Seguía solemne. Eran los Fórmula V. Empecé a mirarla con deseo. Debía ser una descocada.

—Es que has revuelto en mí todo lo que tengo de verborreico y metafórico—le dije.

—Mira el árbol que plantó, con tanta fe y con tanto amor en el jardín.

Pasó a los Javaloyas. Era *Nocturno* con patas.

—Dispárame con lo que tengas: un cubanismo, un refrán, un dicho —le espeté.

Se quedó en Blanco y Trocadero.

—No soy digno de ti, no merezco tu amor, maz en ezte mundo no esiste ninguno que biba zin culpa y zin mancha —me dijo haciendo dúo con Gianni Morandi.

—Soy un hombre de pocas palabras, pero de muchas frases —le dije.

Me miró con sorpresa.

—Coge tu sombrero y ponteló, bamoz a la plalla, calienta el zol.

Eran los Payos. Y era *Duelo de titanes*, con Burt Lancaster y Kirk Douglas.

—Me recuerdo en esta hora de muchas cosas, de cuando te conocí en casa de María Antonia —le dije con la voz solemne del hijoeputa de Manolo Ortega.

Tenía una mirada indefinida que se debatía entre un cuchillero de Borges y una koljosiana que sale a cortar trigo. Tuve que reconocer que era capaz de repeler mi ataque. Saltó para Juan y Junior:

—Cazi tan griz como ez el mar de inbierno, yenoz de paz como un lugar dezierto. No megusta dezir obzenidade.

—De cuando me propusiste venir.

—Olle tú, ¿qué te paza? Deja esa dezcarga.

—De toda la tensión de los preparativos.

—Ben acá, ¿tú ere artizta , rezitador o narrador deportibo?

Yo estaba gozando. Y ya no podía parar.

—Un día pasaron preguntando a quién se debía avisar en caso de muerte y la posibilidad real del hecho nos golpeó a todos.

—Lo tullo es zaoco con tunbadora.

Por esa época, no había nadie más popular en Cuba que los Meme, los Zafiros y Martha Strada. Llenaban cualquier club, cabaret o teatro donde cantaran. Hasta que los tiempos históricos que nos había tocado vivir acabaron con ellos. Y le dije, inspirándome en los Meme:

—Si al encontrarte es un consuelo fugitivo y si al perderte es ley fatal en mi sendero, como el agua del torrente que no tiene paradero.

—Zoy goloza pero ni te entiendo ni te comprendo.

Y le dije más, inspirándome en los Zafiros:

—Herido de sombra por tu ausencia estoy.

—Llo nunca e zido puta niboi a bolber a zerlo.

Y seguí diciéndole todavía más, inspirándome en Martha Strada:

—Abrázame fuerte, fueeeeerte y perdóname. Abrázaaaaame fuerte, fueeeeerte y olvídame. La vida es una tómbola tom tom tómbola, la vida es una tómbola tom tom tómbola, de luz y de color, de luz y de color.

—¡Cucha eso!

Había que hablar abundante, florido, sabroso, sin titubeos para que la cosa siguiera bien.

Ya hacía mucho tiempo que precisamente por mi timidez había dejado de ser tímido con las mujeres o, al menos, no lo era tanto como lo había sido antes. Lo fui hasta bien entrada la adolescencia pero ya había dejado de serlo. Hacía tiempo que no me ponía rojo (*vita nuova*, me decían María Rodríguez y Magaly Valdés Lamas, dos compañeras de la secundaria, aludiendo a la salsa espaguetera que vendían en la bodega, porque cada vez que tenía que pararme a hablar, ir a la pizarra, metía la pata y me ponía rojo como un tomate), que no me daban pena ciertas situaciones. Quizás como venganza por tanta timidez, me había vuelto bastante locuaz y prosopopéyico. A fuerza de aprender a pulir el verbo, de haberme convertido poco a poco en un parlanchín de mierda. De ir a los bayús y escoger sin apuro a la puta que más me gustara. De hablar con la gente. Y, sobre todo, de meterme con las mujeres dondequiera, de acercarme a una chiquita en una fiesta y empezar a fajarle sin demorarme, de tirar piropos en la calle. De forzarme a sacarle conversación a las mujeres, de comprender —también a tiempo— que tenía que luchar con las armas que tenía.

Un día de 1964, sin haber cumplido los diecisiete años, me miré al espejo y supe lo que podía ofrecer. Era bajito, no tenía un cuerpo musculoso y, aunque me hacía una buena mota —todavía los Beatles no me habían revuelto la cabeza ni la vida—, no tenía una quijada grande, una nariz aguileña ni unas cejas tupidas, lo que hacía que tampoco la cara fuera nada del otro mundo. Era más o menos fácil de jeta —como aprendí a decir en el barrio— y escapaba un poco, pero nada más. Por consiguiente, me dediqué a vender el producto más depurado que tenía, que era mi imaginación, mis horas de lectura y un poco de la tabla confianzuda que aprendí de las películas de los muy mediterráneos Alberto Sordi, Vittorio Gassman y Ugo Tognazzi, vistas en el cine Mara, en el Negrete —el cine más largo del mundo— y en el Manzanares, aparte de mucha de la fiereza mujeriega aprendida de Pedro Infante en el San Francisco, el Victoria y el San Miguel —los tres cines de mi barrio— cuando vi una y otra y otra vez *El mil amores, Escuela de Vagabundos, Los hijos de María Morales, Pablo y Carolina* y *Dos tipos de cuidado,* y Pedro —al que ya le sobraba el apellido— ligaba a Rosita Quintana, Miroslava, Irma Dorantes, Irasema Dilián y Yolanda Varela. La verdad es que por burlarme de la gente, de obligarme a hacer chistes, de ser un farsante, un metafórico y un fanfarrón, poco a poco la pena se me fue quitando. De tratar de caer bien y hasta tener que hablar para defenderme como gato bocarriba en el trabajo, ante cuatrocientas personas hostiles a mí, a mi forma de ser y a mi melena, y poner malas las Asambleas de Producción, las Asambleas de Entrega de Artículos Electrodomésticos, las Asambleas de Méritos y Démeritos, y los mitines relámpago. Y, sin esa timidez taladrante, seguí en el talle.

La guagua avanzaba, con los baches y los tumbos y los empujones y el escándalo y el alboroto de la gente, y los gritos ambientosos del chofer de bamo caballero, mobiendo el esqueleto, a mober el esqueleto y las curvas y la gente vociferando y los baches siempre. Luego cogió 17, dobló por M y cuando llegó a 23 me metí la mano en un bolsillo para ver qué dinero tenía. Había cobrado el viernes y me quedaban sueltos tres billetes de cinco pesos y uno de diez. Sabía que tenía que moverme con rapidez y no lo pensé dos veces.

—Nos bajamos aquí, Noelia —le dije, sin explicarle por qué ni para qué y citando a Nino Bravo, que por aquel tiempo se escuchaba mucho—. Ella ni reaccionó: con solo dos neuronas en el cerebro si se le hacía un encefalograma daba plano. No hacía mucho, Osvaldo Ferrer, el bibliotecario de la biblioteca del ICAIC —culto, homosexual y más venenoso que Ana Luisa Peluffo en *La venenosa*— me dijo en medio de un frenesí de insultos contra la población: «Cada día soy más anticubano. Este es un país de seres oligofrénicos. Qué se puede esperar de gente que ha visto quince veces *La cera virgen*, *Tigres en alta mar* y *La vida sigue igual*; que adora a Mirtha Medina, Annia Linares y a Alfredito Rodríguez, pero no sabe quién es Maria Callas, *La traviata* ni George Cukor». Tenía razón Ferrer: hay pueblos que son más estúpidos que una lombriz de tierra.

—No tengo edá, no tengo edá para amarte… pero zí para bailar el mozambique —me dijo mezclando a Gigliola Cinquetti con el Afrokán.

Yo estaba pensando al ritmo trepidante de doce tumbadoras, un sartén, dos bongós, tres trombones y cuatro trompetas:

—Pienso vivir para siempre, o morir en el intento —le disparé, con una frase que había leído hacía una semana.

No sé bien cómo ni por qué, pero Regla Xiomara soltó una risotada, tan chusma como un guaguancó de Celeste Mendoza.

Como buena cubana, se reía de cualquier cosa. Misógino consumado, Oscar Wilde dijo que nada delata más a una mujer que la risa. En la risa te lo está dando todo; si es fina, si es ingenua o si es una bicha. La risa de Regla Xiomara era chirriante, una risa que dolía; la misma que escuché tantas veces en tantas partes del país; la que le oí a muchas putas de los bayús de Pajarito y Colón —de los que me hice muy asiduo, una vez que los conocí— y la misma voz de Chiquitina, una flaca toda desdentada que vivía en en mi barrio, en el Solar del Uno, y la persona más deslenguada que he conocido. Cuando abría la boca era una cloaca.

Chiquitina tuvo varios hijos, todos varones —Robertico Fuera de Fonda, por lo flaco que estaba, Tatao y José Carepalo— y todos de maridos distintos. Al más chiquito (el padre era un jabao del solar al que le decían el Cacique) nacido en 1959, en el desatinado arrebato de ese año con los nombres de las figuras de la revolución —por todas partes surgía un Camilo, una Vilma, un Raúl— le puso Fidel. De niño todos le decían Fidelito, pero a medida que fue creciendo el diminutivo se le decía cada vez menos, hasta que llegó un día en que nadie más le dijo Fidelito, sino Fidel. El chiquillo se convirtió en un delincuente, y robaba cualquier cosa que se le pusiera por delante, le daba igual ropa que perfume que dinero. La gente que la conocía del puesto de vianda sabía que las broncas de Chiquitina con su hijo se hicieron antológicas en Lawton, sobre todo por la cantidad de veces que se la llevaron presa por insultar al hijo en medio de uno de los equívocos más cómicos que han podido existir. «¡Me cago en tu madre, Fidel!», le gritaba a su hijo siempre que se fajaba con él. Y también: «¡Ay, Fidel, qué hijoeputa eres!», y «¡Eres un maricón, Fidel!». A pesar del testimonio de la gente del solar, la policía jamás se tragó la historia de que era al hijo a quien insultaba, sino que era una contrarrevolucionaria que ultrajaba al invencible, infalible, visionario, invencible, modesto y abnegado Comandante en Jefe, Primer Ministro, Primer Secretario del Partido, Presidente de la Asamblea Nacional y Máximo Líder de la Revolución, todo con mayúsculas. Cargaban con ella en la perseguidora cada quince días.

Le volví a decir una barrabasada y Regla Xiomara volvió a reírse y a los dos minutos estaba, como se dice, de lleno en el talle.

—¡Noelia, Noelia, Noeliaaaaaaa! Vamos.

—Olle, que yo no me yamo así —saltó—. Te dije mi nonbre, pero me guzta más Anduriña. Ella se veía dispuesta a lo que fuera, y me preguntó:

—¿Adóndebamo?

—Vamos a tomar algo —le contesté con ambigüedad. Un refresco... una limonada.

Me replicó con la letra de una canción de los Brincos que de seguro se había aprendido también en *Nocturno*:

—Con un zorbito de chanpán, brindando por el nuebo amor.

Me siguió por el pasillo atestado de la guagua y nos apuramos en salir. Ni sé cómo pudimos alcanzar la puerta que ya se cerraba y bajarnos en La Rampa. Dejé que diera dos pasos delante de mí para poder verla bien: no tenía carne ni para una empanada, pero de algún modo inexplicable era también una transparente invitación a la lujuria. El caminao que tenía era de vendaval sin rumbo. No le pedí permiso a las organizaciones de masas ni a ella para pasarle el brazo por encima y tocarle por primera vez el flaco cuerpo de bandida sepulcral. Caminaba con una energía de puta gozosa, meneándose de forma procaz, y se me estremecieron las virilidades. Ese día había almorzado un bisté jugoso, arroz y papas fritas. Ni siquiera lo pensé y le dije:

—Cuando como carne no creo en nadie.

—No puedo tomar nada porque parezco de dolorez de cabeza, y los tragoz me ponen muy imprezionista —me dijo. Acto seguido me vinieron a la mente Renoir, Cézanne y Monet. No sé cómo no me reí en su cara.

Se me ocurrió entonces que podíamos meternos en un cine. Uno que pusiera cualquier película aburridísima; una rusa, alemana (¿había algo más insufrible que una película de la RDA?) o búlgara. *El león tiene siete cabezas*, de Glauber Rocha. Una de Rogelio París, Julio García Espinosa o Jorge Fraga. O *El árbol de los zuecos*, de Ermanno Olmi. Alguna película de Bergman, Godard o Antonioni, un trío que era veneno para la taquilla, y que inspiraba en el público las pasiones más pérfidas: la gente se iba del cine en manadas y con ganas de matar a alguien. Ya yo sabía cómo funcionaba todo. Le contaba que era un drama bueno, de guerra o de pistoleros y al rato me preguntaba cuándo iba a pasar algo, y yo le explicaba que esperara que ahora venía lo mejor. Tenía que ser una película intelectualona, una que asustara la gente, que atrajera solamente a siete espectadores, de los cuales a la media hora se iban cinco, y al cabo del rato no había nadie en el cine, salvo el proyeccionista, Regla Xiomara y yo.

Me encontré un periódico tirado en el piso y lo limpié para leerlo. Pensé decirle: «Abrí el *Granma* y no me oyó, pues que sus puertas me cierra, de mis pasos en la tierra, responda el *Granma*, no yo, etcétera », pero no lo hice. De todos modos, no iba a entender el chiste de *Don Juan Tenorio*, obra escrita por José Zorrilla en dos semanas para ganar una apuesta. Busqué la cartelera y vi que en el Riviera ponían *Accidente*, de Joseph Losey (los Hermanos Taviani, Alain Resnais y Losey eran otros tres inmejorables en eso de provocar éxodos), que yo conocía bien: lenta, soporífera y tediosa, pero más tarde me entró el temor de que tal vez fuera demasiado aburrida para ella y que el tiro me podía salir por la culata, ella cansarse a la media hora y querer irse de allí.

Después pensé en ir al Olimpic a ver *La noche loca del conejo*, que aunque podría cansarla , por lo menos era en colores, pero no se la mencioné tampoco. A última hora, no sé cómo, le propuse meternos en Radiocentro (ya le habían cambiado el nombre para Yara, como el Capri se convirtió en el Mégano, el Florencia en el Pionero y el Miami en el Bayamo, pero yo me negaba a decirle así) a ver en la última función de la noche *El coraje del pueblo*, de Jorge Sanjinés, la peor película de la historia del cine. «¿De qué ez?», me preguntó, y con la cara más dura que pude encontrar le respondí: «Es buenísima: de guerra». La noche prometía.

Compré los tickets, entramos, se apagaron las luces y, como había previsto, el cine estaba vacío. Ya no había acomodadores en los cines; con las linternas que alumbraban el camino y acompañaban a la gente a los asientos. Antes, hasta los cines más pobres tenían acomodadores. Mil veces me ayudaron en el San Francisco, el Victoria y el San Miguel. Tampoco había vendedores que en medio de la película vendían Materva, Coca-Cola, Royal Crown; chocolates, galleticas, dulces. Todo se había perdido pal carajo y no nos habíamos dado cuenta. Nos sentamos, la película empezó, los trabajadores mineros se enfrentaron a la injusticia capitalista y fueron masacrados en la noche de San Juan. Le miré el perfil en las sombras y entonces comprendí que los dos estábamos solos en el mundo.

Me le encimé un poco, y sentía sus teticas vivas que se le movían nerviosamente como la gelatina que ya no había en ninguna bodega. No esperé mucho y me le pegué de nuevo. A dos cuadras olía a Moscú Rojo, uno de los poquísimos perfumes que se podía comprar en las tiendas, tan horrible que la gente lo usaba para limpiar el inodoro. Me le pegué más, rompiendo las hostilidades, desbrozando el camino espinoso, tan lleno de la tensión, los ardores y el sobresalto de todos los traqueteos sexuales, cuando uno explora y trata de conocer a esa desconocida que tiene al lado; a esa extraña en la escalera que conoció hace media hora; y se pone a olerla, a palparla, a sentirla; a elucubrar lo que puede pasar, lo que puede venir, lo que podría ocurrir, lo que puede escaparse de entre las manos. A tientas, encontré sin dificultad su boca, que ya buscaba la mía, y desentrañé el sabor dulzón de su creyón de labios y pronto comprendí que tenía una crudeza genuina, que era la bandolera que desde el principio me imaginé que era; que la lanzaba su fresca salacidad, su desmandado olor a bebé tierno, su franca putería.

Nos besamos a fondo y el cine quedó helado entre ella y yo. Era una infatigable exploradora de la lengua, más que Joyce, que Italo Svevo, que Carlos Fuentes. Tenía una lenguita larga, vermiforme, retráctil —de algo me tenían que servir los programas de *El hombre y la tierra*—, digna del riguroso lingüista suizo Ferdinand de Saussure, siempre tan preocupado por el lenguaje, y todo era como una de aquellas peleas de boxeo a sangre y fuego entre Puppy García y Ciro Moracén. Era algo al descaro, pero lo aceptó. Ella debió sentirse dueña de la situación, porque levantó la cabeza y, sin fórmulas previas, me amenazó de muerte:

—Aora tú berás lo que ez gozar, coño —me dijo—. Te boy a bolber loco.

—Eres una inocente pornógrafa —le dije, pero ni me oyó.

Nunca antes me sentí más amenazado. Era una bijirita esperlética, pero tenía una tenacidad, una fiebre y una desvergüenza que iban más allá de sus huesos. Hice un esfuerzo supremo por mantener la compostura, pero para demostrarme que no era mentira su amenaza, empezó a registrarme la portañuela con afán de cocinera siciliana , mientras me prometía mimos sádicos que llegarían con los Cuatro Jinetes del Apocalipsis.

—Tú beráz, papi, los horrores que te boy a azer —me dijo—. Te boy a zacar de quizio.

Amenazaba con hacerme intolerables gitanerías que me iban a trastornar. Me prometía más torturas que si estuviera en Seguridad de estado y fuera interrogado por Ramiro Valdés en persona. ¿Era ninfómana, francófona o surrealista?

Tenía tanta determinación que se me tiró encima, se volcó y se entregó en cuerpo y espíritu al sabio y extenuante oficio de dar placer. A partir de ese momento, sin dejarme responder, se desafogó en ataques a fondo de artillería mayor. Me pegó los labios (su respiración era tan fuerte que me nubló las gafas y me llenó de rocío las sienes) a la cara y se dedicó a morderme el cuello y del cuello pasó a la nuca y de la nuca a la oreja y de la oreja al lóbulo de la oreja y del lóbulo de la oreja otra vez a la nuca y de nuevo al cuello. Yo estaba más caliente que el asfalto de la Calzada de Jesús del Monte a la altura de la Esquina de Toyo, suspiraba, parpadeaba con sus embestidas cuando Regla Xiomara se arrimó, cochambreándose, llevando la voz cantante con morditas tenues, chupeteos despiadados que me sofocaban en la butaca. Del cuello regresó a la boca, con torpeza, con ganas, y en la apartada soledad de nuestras almas, se dieron cita su ansiedad y mi inquietud.

—Todos, hombres y mujeres, jóvenes y viejos; todos somos uno en esta hora de peligro.

—Olle, que no no zoy ninguna zocotroca.

Me dejé llevar, enfermar de la manera que ella había escogido, y le acepté el reto de que me echara plomo con lo que tuviera. Las maromas de los andrógenos hacían que me estremeciera bajo su carga de caballería al estilo de George W. Custer, y me obligó a arrinconarme. Resoplaba y respiraba y me separó cómo pudo la melena, desordenando lo que en ese momento me quedaba de serenidad. Tuve que agarrarme del respaldar del asiento para no irme de lado, aunque ni siquiera con eso volví a coger el equilibrio, porque con vehemencia de gitana en Baño María se lanzó a derretirme la ternilla, el conducto auditivo interno, la caja del tímpano y, más adentro, la de seguro amarga, trompa de Eustaquio. Las acrobacias que Regla Xiomara hacía con su lengua gulanta eran algo inaguantable; excitándome maquiavélicamente; sublevándome la papeleta con deseo; haciéndome cerrar los ojos, y solo me hizo falta un instante para comprender que si seguía así, dentro de poco iba a perder el control de mí mismo.

En los dos o tres minutos que pasaron, me estaba sofocando lo que en los selectos *canasta party* que organizaban las atractivas, correctas y primorosas damas de la vivaz y exquisita sociedad habanera de los años cuarenta y cincuenta (todas aparecían en los rotograbados sepia de *Información, Diario de la Marina, Prensa Libre* con los nombres chiqueados: Minita, Bertica, Nenuca, Cheché, Ninín, Ursulita, Bebita, Cuquín, Carmencita, Ofelita, Isabelita, Esperancita, Silvita), era conocido con educada picardía como la *cosa,* el *armatoste,* o el *paquete;* cualquier eufemismo fino con tal de no decirle al balano alejandrino su cazurro nombre. Total, con tantos sinónimos que tiene: el bobo de la yuca, el esqueleto de la señora Morales, Miguelito Cuní, .357 Magnum, el circunciso plurívoco.

Ante la búsqueda que emprendieron los empeñosos dedos de Regla Xiomara, el bermellón trozo de carne mechada (que enloqueció a tantos escritores de habla inglesa; de Charlotte Brontë y Emily Dickinson a Walt Whitman y Elton John), empezó a inflamarse aun más. Ni remotamente sospeché que sin la menor advertencia se tiraría a atraparla de la forma en que lo hizo y, mucho menos, que lo hiciera con tal furia.

—Como dijo el sabio Terencio (¿o sería Tito Gómez?): «Soy humano y ninguna carne humana me es ajena».

—Aloz catorze año me particron la coneja .

Al cabo de un breve silencio, dando un triple salto mortal sin red, y con toda la calma que le dio la gana bajó la mano allá abajo (que no es ninguna bragueta, porque no estábamos en Europa ni en Sudamérica ni en una traducción de la Editorial Sopena, sino en La Habana, Cuba), arrugándome el pantalón de corduroy; buscando con agilidad la butifarra olorosa de la que el

Congo de Catalina de Güines vivió toda su vida orgulloso; tentando demasiado al pilluelo intranquilo que a partir del día que probó el mantecado no ha cesado de buscarlo; a toquetearlo y, una vez detectado, a triturarlo con fiereza, clavándome en la carne los dedos, y desde la primera hasta la tercera falange las uñas y las huellas digitales.

Ya sin poderme contener, a millón, no pude más:

—Sácala pafuera —le dije—. No sigas con esta tortura.

Regla Xiomara me miró directo a los ojos, y con cara de mujer combatiente de las pinturas de Raúl Martínez, me dijo:

—Ezo mijmito iba azer —me dijo, dándole un uso al diminutivo que me pareció lleno de maldad.

Acumulado en un zarpazo desgarrador, volví a vivir el mismo estremecimiento que sentí la primera vez en mi vida que una mujer me sacó a Cisco Kid a coger fresco. Seguí con la vista el intuitivo recorrido que hicieron sus dedos al ponerse en contacto con la cremallera de metal del pantalón de corduroy Made in Toronto, Canada y tragué en seco.

—Cría cuervos y te llevarán a Roma —le dije cambiando adrede el refrán.

—No te apure, que ayá boy.

La mano conocedora me abrió el zípper, que sonó krackkkkkgggraaacccckkk con una inacabable fila de dobles erres detrás, y le agradecí infinitamente al que lo inventó allá por el siglo pasado, porque eliminó la trabajosa labor de tener que zafar los botones. Luego se enredó en los escondrijos celestes —lo siento por la metáfora: ése era el color— del calzoncillo atlético azul Sergio Valente que una semana antes le había comprado a mi vecina estraperlista Encarnación Fagundo por si la noche me deparaba un encuentro carnal con alguna fémina. Era un infernal *pas de quatre* que se prolongaba, un suplicio del tántalo, y una furtiva súplica para que acabara de sacar de su escondite a Davy Crockett. Hacia el vigésimo acorde, ella decidió seguir el curso del río, atormentando a Flash Gordon, otro héroe favorito de mi niñez, cuyos episodios no me perdía por nada del mundo, y con los que mi apéndice viril se dejó bautizar, primero por mí y más tarde por algunas mujeres que se animaron a la idea jaranera de ponerle el apodo y llamarlo de otra forma para que las conversaciones en lugares públicos no fueran impúdicas y a la hora de decir el nombre propio de los chorizos El Ebro.

—Estoy cada vez más lleno de consonantes, sujetos y predicados.

—Niño, lo tullo pareze zienzia fizión.

Por fin, la manito juguetona de Regla Xiomara sacó al portal al Llanero Solitario (el nombre del otro héroe que tuve en mi infancia, regresando a los lejanos anocheceres en que no me perdía sus cabalgatas con la música de Guillermo Tell ni el grito que le daba a su caballo: *Hi-yo Silver, away!*) para que cogiera el sereno, y los dos, ella y yo, pudimos comprobar que, en efecto, no hacía falta que despertara al vaquero vengador, porque ya estaba listo para fajarse a tiros con los malos.

Atenta a la tensión del momento, Regla Xiomara empezó, al principio con las yemas de los dedos, después con la palma de la mano, a acariciar al tronco, luego al feliz glande: blanco spirituals y trompo con capa, trompo sin capa; al ramo de aceitunas que exprimía con diestros movimientos. Tenía manos seguras de hacedora de pajas a domicilio (hubiera sido efectivísima en el Cuerpo de Pajilleras del Hospicio de San Juan de

Dios que se dedicaban a quitarle tensión a los soldados heridos), y se demoró todo lo que quiso. Fueron unos minutos que duraron una eternidad; unos segundos martirizantes que aprovechó para jugar —como una niña ante la complacencia indecente de mis erectos atributos— con la cabeza del amigo íntimo del indio Tonto.

Fue una ceremonia fríamente calculada. Organizó la tortura, y la dividió en caricias, agasajos y arrumacos de abajo a arriba, y la planificó al llegar al primer piso, esta vez al revés: gélidos arrumacos, morosos agasajos, viles registraderas.

A pesar de que el mundo está lleno de derechos, también hay muchos zurdos y uno que otro ambidextro, Kafka decía en sus cuadernos y diarios que se sentía culpable de que su mano izquierda no funcionara igual, con la misma efectividad que la derecha. Y dio la casualidad que como Juana de Arco, Leonardo da Vinci y Billy the Kid; como Warren Spahn, Sandy Koufax y Changa Mederos; y como Paul McCartney y Kim Novak —más conocida en Salina, Kansas, como Judy Barton—, Regla Xiomara era zurda.

De la forma en que estábamos sentados, la mano izquierda le caía más cerca de mi portañuela, alias bragueta bretona, y a ella se tiró. Al contacto con la tersura de aquella mano gratificante —pese a lo siniestra, nada patizamba—, con el calorcito de las yemas, con la presión de las uñas pintorreteadas, las pulsaciones del bobo de la yuca aumentaron, se hicieron más rápidas, lo que prolongó la el suplicio de Tántalo, el rastrero castigo un poco más y a lo mejor nos comprendemos luego. Los güebos (porque también ellos salieron fuera de la carpa), con su rugosa piel de mamut antidiluviano, se dilataron y se contrajeron, ungidos por el roce que la palma les proporcionó al tocarlos como por descuido, por el ir y venir de las yemas y el órgano de la generación en el hombre y en algunos animales, según la cada vez menos usada definición de la Real Academia Española, se me tiñó de arterias, de muchos y pequeñísimos vasos sanguíneos que fueron uno en plena hora de combate; una criatura muy sensible al tacto, a la presión y a la temperatura y toda la armazón tembló aun más en el momento que ella aplicó sucesivos vaivenes verticales, apenas golpecitos al tallo alfabetizado.

La mano de Regla Xiomara se dedicó a moverse a un ritmo mayor, más sostenido, como si estuviera cerciorándose, con sapiencia, de la dureza del pescuezo de un cisne. La cara se le petrificó durante una fracción de segundo y la vi disfrutadora, como si contemplara con mirada de pintor veneciano del *Quattrocento* una escultura que está a punto de terminar; como si le faltaran los necesarios últimos detalles. De repente en el verano, Catalina supo que estaba siendo usada para algo perverso, y sin necesidad de que el jurado la condenara a hacerlo, sin que el infame Código Hays la obligara a hacerlo, sin que yo mismo tuviera que suplicarle que lo hiciera, movida por un apetito ancestral de libérrimo cachorro lactante de las llanuras, lo que me dijo me erizó desde la nuca hasta los dedos de los pies:

—Te boy a dar una mamada que te ba arrebatar .

Pensé que había entendido otra cosa, que no había oído bien. Después, pensé en dos refranes más: *Mamada avisada no mata soldado* y *A mamada regalada no se le mira el colmillo.*

Regla Xiomara se me restregó con su olor a bebé de seis meses y me acordé de la primera vez que una mujer bajó hasta mi portañuela. Fue también en un cine, el Atlas que quedaba en la Calzada de Luyanó, y donde habíamos ido a ver *Algo para recordar*, con Cary Grant y Deborah Kerr que, junto a *Angustias de un querer*, con William Holden y Jennifer Jones, y *Sublime obsesión*, con Rock Hudson y Jane Wyman, es uno de los tres melodramas más grandes de los años cincuenta; una época en la que todavía no me importaba quién dirigía las películas. Yo estaba en segundo año de secundaria y ni me acuerdo cómo me empaté con ella; una putica un poco mayor que yo, que trabajaba vendiendo refrescos, panqués y batidos en una cafetería cerca de la escuela. Se llamaba Elena y no era bonita ni estaba buena, pero tenía unas ganas de mamífera complaciente y las mandíbulas de Dick Tracy que lograban que uno olvidara todo lo que le faltaba. Tenía tanta fama de *tocar la flauta* —un eufemismo inmejorable—, y era tan chiquitica, que en la secundaria se decía que no tenía que arrodillarse: mamaba de pie.

Fiel a su promesa, Regla Xiomara se curveó encima de mí, bajó la cabeza a la altura de mis muslos e inició la conquista de mi testosterónico fenómeno con una abnegación de monja ursulina.

Cruzó con parsimonia la Via Veneto, se detuvo un instante en Les Champs Elysées, atravesó la Gran Vía, continuó por el Paseo de la Reforma, luego cogió hacia abajo por Prado y Neptuno, dobló a la izquierda en Piccadilly Circus y cuando llegó a Times Square, sin sacudirse el polvo del camino, no preguntó dónde se comía ni se dormía, sino cómo se iba a la estatua de Simón Bolívar, y se la metió en la boca.

—¿Qué me estás haciendo? —le pregunté tembloroso.

—Ay, papi —me dijo— . El pilón ez zin mizeria.

Vi cómo el minucioso ataque era por orden de aparición. Vi cómo le pasaba la larga lengua materna a la cabeza por cuya minúscula ranura ya se filtraban las primeras pausas del insomnio. Vi cómo saboreaba el tronco de mi árbol genealógico y cómo repetía en sentido contrario la misma orfandad por caminos ya recorridos, hasta subir nuevamente a la testa de arlequín. Vi cómo deglutía la epidermis, la dermis causando severos estragos en las filas enemigas, siempre metiéndosela y sacándosela de la boca, restregándosela por los cachetes, por el mentón, por las amígdalas, mojándose de clara de huevo los labios y, de paso, contaminando de larvas la epiglotis.

—¿Te guzta, papi? —me preguntó buscando como respuesta un sí quejumbroso, y era como preguntarle al ahorcado si quería más soga.

Regla Xiomara no tenía pudor alguno a la hora de mamar. Llevaba el sello del desparpajo en la cara, y hacerlo de esa manera tan desvergonzada parecía haberla armado de una nueva intensidad; haberle dado un segundo aire, como si volviera a calentarse; como si saboreara, glotona, un barquillo de vainilla que ante su mirada de niña nada precoz no se derretía.

Sabía mamar más bien que el carajo. Los que conocen del tema, dicen que es una práctica que inventaron las rameras francesas —parisinas—, costumbre que propagaron por todo el planeta y llevaron también a Cuba. Era una feladora tenaz. Me succionaba cada vez más rápido y con el chasquido del entra y sale de la boca se veía que le gustaba sinceramente, que era enferma al arte bucal afamado en el trajinado capítulo VIII de *Paradiso* como inhalar por el buzón las contundentes esencias; una lactante avezada que gozaba sumergiéndose en el desgarrador linaje de la méntula o la férvida lubricación de la mamazón. Era una *cardíaca al micrófono*, frase que me dijo una vez un tipo del barrio y que al principio no la entendí, pero cuando alguien me explicó lo qué quería decir me tuvo dos semanas riéndome cada vez que me acordaba.

—*Mente sporca in corpore sano.*

—Zoy muy detayista.

Me la devoraba con unas habilidades lingüísticas irreprochables, con unos lengüetazos emolientes, con unas libaciones que eran capaces de saciar a los más exigentes. Esto me confirmó de nuevo dos cosas: que a las mujeres les gusta mamar más de lo que reconocen, y que a la hora del cuajo, todas las mujeres maman, aun las más mojigatas y escrupulosas.

La lengua de Regla Xiomara siguió un buen rato desbaratándome las entretelas. Explorando tragonamente la cabeza, sobrevolando con el labio inferior el amasijo de venas inyectadas en sangre. Me arrellané en el asiento. Me recosté hacia atrás, igual que cuando iba a un juego de pelota (no he olvidado el impenetrable cuadro de los Industriales en los sesenta: Chávez en primera, Urbano en segunda, el Tony en el short y Germán Águila en la antesala) en el Latinoamericano, antes Gran Stadium del Cerro, y me sentaba no detrás de *home*, sino por tercera, donde los habituales afirmaban que era donde se veían con más claridad las jugadas. Me acomodé porque quería vacilar bien aquel radiante atardecer en Bellomonte, y el pelo desgreñado de Regla Xiomara que caía sobre mi regazo, como un estallante trigal en primavera, casi no me dejaba ver uno de los shows más descojonantes que la vida le puede deparar a un hombre: ser *voyeur* en vivo y protagonista en directo y a todo color de la mamada que le dan a uno mismo: *La più allucinante esperienza voyeuristica della vita*, escribió el escritor decimonónico italiano Giovanni Verga, que algo debía saber del tema.

—Puedo escribir los versos más tristes esta noche —le dije.

—Me guzta todo lo referente al zezo —me dijo. Era promiscua, puta, perdida, callejera, bandida; meao de gata en alcantarilla.

Parecía una párvula en su cuna, pero en realidad era una consumada felatriz que con su glup glup glup supradentado me hacía sudar hielo, mientras yo le agarraba al pelo y le hacía arpegios imposibles, se lo enredaba mientras murmuraba ay, por tu madre, ay por tu madre con una desesperación total mientras la hombría del arcoiris cobraba un perfil raudal que ni siquiera Segismundo Freud pudo imaginar en ninguno de los vastos casos que registró para la psicología en las frías y aburridas mañanas de Viena.

—¿Te guzta? —me preguntó otra vez—. ¿Te buelbe loco?, olvidándose que de niña le habían enseñado que con la boca llena no se hablaba; orgullosa de sus dotes de mamóloga de La Sorbona.

Ha sido la mejor mamada que me hayan dado nunca; tan decapitadora como la guillotina. Ninguna otra mujer se le acercaba a ella, una zafia tragavenados del Amazonas. Ni siquiera Teresa Fernández, a la que Dios le dé salud en la lengua y gran flexibilidad en los maxilares dondequiera que se encuentre, con la contumacia de su infatigable boca de sibarita barriotera, una noche de hacía ya muchos años en la oscuridad de la Loma del Burro, mientras a lo lejos como ascua encendida se miraba la ciudad y en los barrios se olvidaba la vida. Ni la archifamosa Linda Lovelace, con todo y que se traga once pulgadas de conducto urinario en *Deep Throat*, la célebre película porno, que para desdicha de nuestra población no se pondrá jamás en la función de las doce de la noche del Payret.

A lo mejor me leyó el pensamiento, porque se volvió hacia mi y me escrudriñó con una violencia alarmante:

—Creo que mamar me guzta máz que templar —me espetó con cara cruelmente promiscua—. No fumo ni bebo. Mi húnico bizio es mamar.

Durante unos momentos que me parecieron siglos, Regla Xiomara siguió prendida con la desesperación de un niño famélico de Biafra. Me acosó con su felación, con su número de insigne tragaldabas de circo, moviendo y sacudiendo la cabeza como si afirmara algo; el pelo pajuzo al viento y las tetas de gata sietemesina al aire, enfrentando el rabo desde el mirador de la torre Eiffel, hasta esa parte del cuerpo llamada el perineo, y que en muchas partes se conoce como el *parqueo*, donde los güebos —testigos de la devoración— se unen peligrosamente con el culo. La saliva, la baba, las miasmas que se le escapaban por las comisuras de los labios, hacían que por puerco el *show* fuera más enloquecedor: en el sexo no se puede ser escrupuloso; es un tiroteo de bacterias, suciedades y ascos. Hasta que el goteo empezó a hacerse más seguido y difícil de controlar, y comprendí que no iba a aguantar mucho tiempo. Los esfínteres se me abrieron, las esclusas se prepararon para hacer su viaje desde L y 23 rumbo a la bahía, y supe —uno siempre lo sabe— que me faltaba muy poco para venirme.

De alguna manera, Regla Xiomara presintió el estruendo. Le bastó un instante para analizar la topografía del terreno, para decidir dónde situar la artillería, en qué lugar la infantería y, con gran entereza, descartó la cobarde idea de retroceder. Si en ese momento el trotamundos Henri Cartier-Bresson le hubiera podido tirar una foto, hubiera eternizado su mirada; la tensión de sus músculos faciales, la impaciencia de la expresión, la serenidad del ceño. Se le petrificó la cara.

Casi no titubeó cuando la carga semántica explotó sin previo aviso. Ni se movió en el momento en que el bombazo de almidón hirviente se estrelló contra su lengua, contra el cielo de la boca y contra la parte posterior de su garganta. Ignoro dónde fue a parar, porque en medio de ese atololondramiento, me estremecía de una forma que oscilaba entre las blasfemias más vehementes y el machismo peor por aparentar tener un control que no tenía. Enseguida otro chorro borboteante salió disparado y luego otro, con demasiada rapidez como para que pudiera reaccionar. Rocky Nelson (primera base y cuarto bate del Almendares y el quinto héroe de mi niñez) vibró y se levantó rumbo a la Estrella Polar, lanzando un último borbotón contra el labio superior, la mejilla y las pálidas y casi inexistentes cejas de Regla Xiomara. Fueron desbordamientos copiosos, de un gorgonzola con sabor a agua mineral, a savia y a musgo y a bellota que ella gozó a plenitud.

Fue una venida bestial en la que se deslizaron, canal de la uretra abajo, entre ochenta y trescientos setenta millones de microscópicos espermatozoides, nadando en un líquido mitad yogurt Balkán, mitad leche condensada Nela que, de acuerdo a la sabia opinión de los conocedores de la materia, puede ser ingerido porque no es dañino para la salud. Hasta en la oscuridad de catacumbas, Regla Xiomara supo qué hacer y, previendo el estallido final, demostró tener una valentía que no le envidiaba nada a la de Clara Zetkin, *de soltera Eissner*. Esperó con estoicismo la agresión de las secreciones de mis ancestros gallegos y asturianos que explotaron un poco dentro de la boca, otro poco en la mano y otro poco en el suétercito rojo de póliéster que a que partir de ese momento de gloria guardaría indeleble una mancha grisácea parecida a un chicle pegado: el cuerpo del delito del que habló Dashiell Hammett.

Eran las mil y quinientas cuando salimos de Radiocentro sin terminar *El coraje del pueblo*, y a esa hora en La

Rampa solo quedaba el casco y la mala idea. Regla Xiomara me dijo que vivía en Campo Florido, pero se estaba quedando en la Lisa en casa de una prima y quiso que la acompañara hasta la parada de la 22 para esperar la confronta. No llovía nada y me entró hambre y, aunque el frío pelaba, le dije que por qué no tomábamos un helado en Coppelia. Si el Vedado era el centro de La Habana y La Rampa era el centro del Vedado, Coppelia era el indiscutible centro de La Rampa, del Vedado y de Cuba. Por esos días abría toda la madrugada, y todavía tenía muchos de los veintiséis sabores y veinticuatro combinaciones con que se inauguró y de los que se enorgullecía. Cruzamos L y no había casi cola. Ella pidió una Copa Lolita y yo un Tres Gracias: de chocolate, fresa y almendra.

Le di mi teléfono a Regla Xiomara, me llamó como a los tres días y estuvimos saliendo un tiempo. Un domingo, se me ocurrió llevarla a la Cinemateca a ver una vez más *Los paraguas de Cherburgo*, y me encontré en la cola a mi amigo Roberto Yanes (Cacoyannes, como le decíamos) con una china con la que andaba. Nada más que de oírla hablar, Roberto se dio cuenta de la perla marina que era. Me llamó aparte y me preguntó indignado que cómo podía salir con semejante mujer. «Yo no la quiero para que me dé una conferencia sobre Simone de Beauvoir», le dije y se tuvo que echar a reír.

Regla Xiomara y yo apretábamos y templábamos donde nos cogiera la noche, buscábamos cualquier escondrijo que nos sirviera y nos metíamos en todas las posadas; en la Diana, en las Dos Palmas, en las del Coney Island. Y un par de veces, templamos de pie en el Bosque de La Habana.

EL AMANECER MÁS BELLO DEL MUNDO

a Armando López y Rafael Saumell,
que aprendieron a ser habaneros.

Ese viernes, la noche que me templé a Amapola García, el calor que hacía en La Habana era peor que Guantánamo en agosto. Casi sin darme cuenta pensé en Ramón Grau San Martín. Una semana antes, en una de mis frecuentes visitas a la Biblioteca Nacional para ver qué libro me podía robar, me encontré en una *Bohemia* de diciembre de 1944 un artículo suyo que tenía más puntería que la de un francotirador. Por aquellos años Grau era presidente de la República, acuñaba frases como *Dulces para todos*, *La cubanidad es amor* y *Todos con cinco pesos en el bolsillo*, y con su pinta de político inofensivo y viejo gárrulo le tocaba el culo a coristas, secretarias y criaditas. Al regreso de un viaje a Europa, Grau —avieso, solterón y pajarraco, todo combinado en una sola persona—, tuvo su más trascendental momento de lucidez cuando escribió: «El verano nada más que es elegante en el Mediterráneo. Solo si Cuba tuviera un invierno verdadero podríamos ser mejores como pueblo».

El calor era tan ignominioso que daban ganas de renunciar a la ciudadanía cubana.

Era uno de esos días insoportables de julio; con una humedad pegajosa, infernal, que lo penetraba todo. Apenas batía aire, la poca brisa que corría te asfixiaba y metido en ese sopor de caldera, uno no sabía qué hacer. Las casas dejaban las puertas y las ventanas abiertas, pero ni siquiera así había un respiro. Tampoco a la sombra de los laureles, ceibas, algarrobos, matas de mango y flamboyanes en flor. La cosa estaba tan mala que no se conseguía ni un puñetero ventilador ruso; hasta los abanicos habían desaparecido y lo único que la gente hacía era echarse aire sin parar con un pedazo de cartón y maldecir y encabronarse y cagarse en la madre de Fidel, el gran culpable de todo.

El calor había caído como una guillotina y la tarde no lo suavizó en nada. Seguía abrasador —tan sanguinario como un verdugo, como dijo alguien— y me entró la desesperación. A lo que mi abuelo, con su perpetuo cigarro Competidora Gaditana colgándole de la boca y el más cariñoso y familiar de todos los hombres, le decía la *sofoquiña*.

En esa época hacía poco que había empezado a trabajar como traductor de francés en el Instituto Nacional de la Pesca que aún no se había convertido en ministerio. El organismo central estaba en el edificio principal, a la entrada del Puerto Pesquero —Ensenada de Pote y Atarés— y el departamento de nosotros quedaba en el tercer piso. No había ascensor.

Como en el *1984* de George Orwell —y faltaban más de diez años para llegar a esa fecha fatídica—, Cuba se había convertido en un país de siglas que nos perseguían: CDR, JUCEPLAN, JUCEI, EBIR, UMAP, FMC, INRA, MININT, MINFAR, MINED, MITRANS, MICONS, MINREX, MINSAP, PNR, UJC, PCC, ICAIC, ICRT, DTI, UPEC. UNEAC, ANAP, ENA, ICAP, EJT, INIT, INDER, INTUR, COR, OSPAAL. Y de términos y nombres gratuitamente pomposos: «Centro de Servicios de Citología, Obstetricia y Ginecología del Municipio Plaza de la Revolución» se llamaba lo que toda la vida fue Maternidad de Línea; «Municipio Plaza de la Revolución» se le decía a lo que siempre fue el Vedado y le pusieron «Facultad Antituberculosa, Antibacterial y de Medicina Tropical del Municipio Guanabacoa» a la vieja Casa de Socorros de Regla.

El lugar tenía un nombre rimbombante y demasiado largo: Departamento Bibliográfico y Hemerotecario de Información y Documentación Técnica. Por gusto, porque la gente solamente le decía Traducciones que, en definitiva, era lo que hacíamos.

Nelson Cárdenas —bolchevique convicto y confeso— era el jefe de traducciones. Venía de la Juventud Socialista, era un gran lector, un tipo compulsivamente libresco que dirigía con mano certera el departamento y veneraba a Antonio Gramsci. Solía decir: «Soy marxista convencido, pero primero soy hombre; de Regla, pueblo de guapos». Y —para utilizar una frase de Jorge Luis Borges— terminó tan definitivo como el mármol: «Y no permito un abuso ni que se le haga ninguna mariconá a nadie». Más de una vez Nelson nos defendió todo lo que pudo y nos sacó de un lío.

En muchos sentidos, Traducciones era un basurero, una especie de Cayo Cruz de la Pesca. Era el departamento más problemático del instituto, un cementerio de elefantes tronados, para decirlo de una forma que suene menos fea, y era el feudo personal de Nelson. Allí, él le daba generosa acogida a los seres más estrafalarios de la chancletera Corte de los Milagros que era La Habana. En su mayoría, el departamento estaba compuesto por gente que por algún motivo había aprendido idiomas o los sabía de niños.

Como traductoras de alemán trabajaban allí, María Martínez, una negra gorda que parecía más bien una cocinera, Lidia Linares, que llegó bonita y buena gente, pero con el tiempo engordó tanto y se volvió tan chivata que no había quién la mirara ni soportara, y Esmero Gutiérrez, un mulato guantanamero que había vivido más de diez años en la RDA, había regresado con su mujer, una rubia berlinesa, y no se metía con nadie. Entre los traductores de inglés estaban Dionisio González Chapman, de madre jamaicana, que tenía de traductor lo que yo de ingeniero agrícola; Jorge del Castillo, el más farsante de los farsantes y tumbador de carrera; Marina Lamadrid, una solterona de unos treinta y cinco años que traducía también francés, y además de intrigante y acomplejada era una tarada sexual; Alberto Mazarredo Raphel, el tipo más abominable sobre la faz de la Tierra —posiblemente homosexual escondido, aunque muchos le veíamos la pinta—, siempre pidiéndole cinco pesos a alguien el día del cobro para no pagarlos nunca; Justo César Cuza Serrano, muy revolucionario, pero incapaz de hacerle una mierda a nadie; Javier Labrador, astuto, que no soltaba prenda para nada y a cada rato estallaba en sospechosos ataques de histeria, y Orlando Muñiz, un tipo de un porte distinguido, bien parecido —como decían las viejitas— y un socarrón con una labia a prueba de balas y de una frivolidad sin límites, pero que me caía bien. Antes de caer en desgracia y terminar como traductor, Muñiz había tenido la fortuna de viajar y de ver en el extranjero algunas de las películas de James Bond (algo que ansiábamos con frenesí y que sabíamos era imposible dado el anticomunismo de la saga) y disfrutaba presentarse parafraseando la famosa frase del agente 007: Muñiz, Orlando Muñiz.

De ruso, los traductores eran Nury Díaz, prosoviética contra todo, militante de la UJC que parecía venir de un komsomol; José Clemente Orozco, un hipocritón consumado al que le decíamos el Gran Muralista, y era tan imbécil que nunca supo por qué, y Raimundo Torres, aspirante a karateca, embaucador irredimible —se hacía pasar por piloto, abogado, enfermero, acupunturista, médico— y mitómano sin remedio que todos los lunes venía con una historia fantástica sobre un ligue con una extranjera. El único traductor de italiano era Guillermo Bidot, que se tapaba la calva con un peinado ridículo; buena gente, pero más taimado que una leona de cacería y, aunque trataba, no podía ocultar su rampante mariconería. Guillermo estaba en perenne conflicto con Javier, a quien abiertamente le decía *la Gallinita*, sin saber que a su vez él le decía *la Pájara*. Presenciar los insultos de cada uno era mejor que una comedia.

No éramos traductores profesionales, es decir, ninguno había estudiado el oficio como tal; sino, gente que no tenía trabajo, que había sido defenestrada por razones disitintas y había encontrado allí un refugio (teníamos que traducir con papel y lápiz, porque las cinco máquinas de escribir que había eran privilegio exclusivo de las dos secretarias y de los tres traductores de más antigüedad) traduciendo detrás de un buró desbaratado aburridas historias, reportajes y artículos de revistas sobre peces, pesca en alta mar, pesca de arrastre, catálogos de aparejos y artes de pesca que nadie leía. Todo era un gran *bluff* que crecía, que no servía para nada y que a nadie le interesaba parar.

El mismo día que empecé a trabajar allí, conocí a Richard y a Esteban.

Sin esperar a que nadie lo hiciera, Richard se acercó al buró lleno de comején que me habían dado y se presentó. Su nombre —americanizado desde que era niño— y el sarcasmo que usó, me agradaron de inmediato. «Hola. Me llamo Richard y soy uno de los traductores de ese idioma cada vez más en decadencia que es el francés», me dijo con una voz ronca que era el sello de su familia y con la que después llegaría a familiarizarme.

Richard era un tipo alto y flaco; una mezcla del Chester que hacía Dennis Weaver en *La ley del revólver* y del reverendo Joshua que interpretó David Warner en *The Ballad of Cable Hogue*, la obra maestra de Sam Peckinpah. Tenía unas greñas color rata almizclera, una barba alambrosa de Jesucristo sin ilusiones y caminaba de una manera peculiar, como si en él se cumpliera el pasaje bíblico y pudiera cruzar el río Almendares sin mojarse los pies.

A los veinticinco años, como él mismo reconocía, era un *mechao* al rock and roll —al rock, decía cortándole el nombre—, leía sin parar y era un fanático del cine (*Un vrai cinglé du cinéma*, como se llamó en Francia la película de Dean Martin y Jerry Lewis *Entre la espada y la pared*, le dije), a la vez que un tipo con el que se podía hablar de cualquier cosa. Su poder de análisis, sus opiniones y su intuición eran algo digno de admiración. Nos acercamos más cuando empezamos a mencionar cantantes, actores y escritores, y a darnos cuenta de todo lo que teníamos en común. De niños, Elvis, Chuck Berry y Bill Haley; *Veracruz*, *Trapecio* y *A un paso de la muerte*; más tarde, Edgar Allan Poe, William Faulkner y Raymond Chandler. Y también los mismos directores: John Ford, Hitchcock, Fellini, Buñuel, Kurosawa y Orson Welles, además de los críticos de *Cahiers du Cinéma* que giraban en torno a André Bazin y a la Cinemathèque Française que dirigía Henri Langlois y que se convirtieron en directores de la *nouvelle vague*: Truffaut, Chabrol y Jean-Luc Godard, el que más le apasionaba de todos, aunque para mí era demasiado experimental.

Tiempo después, cuando ya éramos muy amigos, hablando una vez más de cine, volvimos a hablar de Godard, y Richard me regaló una frase que desde entonces he atesorado y me ha enseñado por dónde ha ido su vida.

—Al lado de Godard, todos los otros directores de cine —me dijo tan seguro que no me quedó más remedio que creerle— no son más que simples aviadores al lado de un astronauta.

Esteban era traductor de inglés, tenía veintidós años y una impecable ortografía salamantina. Colorao, grandote y con un cabezón al que no le servía ninguna gorra ni ningún sombrero; con una nariz medio brandonesca y un pelo rubio muy lacio que le caía más abajo de la nuca, lo primero que uno pensaba es que no era cubano, sino escandinavo. Y él gozaba hacerse el sueco.

Al terminar la secundaria, sin saber qué hacer con su vida, y cada vez con más líos con el padre, un gallego cerrero que lo tenía acosado el día entero, dedidió becarse para escapar de la casa. Era el 63 o el 64 y todavía los Beatles no eran conocidos, y Paul Anka era el imprescindible en cualquier fiesta, baile o reunioncita. Esteban daba lo que fuera por entender las canciones de Paul Anka, Neil Sedaka y Bobby Darin y se becó en la escuela de idiomas Máximo Gorki, en Miramar, para estudiar Inglés. Ya por ese tiempo, tenía tres aficiones —mejor dicho, tres obsesiones— que no escondía: Estados Unidos, ligar chiquitas y buscar dólares en cualquier parte para comprarse ropa y zapatos para las pantagruélicas patas que se gastaba. Con la ayuda del corpachón de vikingo, se hacía pasar con gran facilidad por extranjero del mundo occidental, nunca de los llamados países amigos.

Era apocado, temeroso, de hablar lento, escurridizo como una anguila y con un corazón de gallinazo en reposo. Sin embargo, por las noches cambiaba y se convertía en un hombre lobo hambriento de víctimas y de sexo. «Es nuestra versión del *Dr. Jekyll and Mr. Hyde*», decía burlonamente Richard, de nuevo en busca de una referencia cinematográfica cuando comentábamos las omnívoras hazañas de Esteban, siempre a la caza de víctimas. Lo mismo afirmaba ser un científico británico de la UNICEF, un epidemiólogo noruego de la FAO, que un filólogo danés de la UNESCO, usando siglas vagas que ellas ni conocían y que le servían de trampolín para sus propósitos. Para no correr ningún riesgo, tenía listo el disfraz ideal, conseguido todo en bolsa negra: gafas oscuras que le compraba a algún griego, una camisa de colores psicodélicos, unos mocasines Clarks que jamás supimos cómo consiguió, un reloj Bulova o Seiko que pedía prestado y, de vez en cuando, llegaba al extremo de ponerse calzoncillos de afuera, como les decíamos, a pesar de que muchas veces con toda intención usaba el Lee (marca que prefería más que otras), que en su jerga, que era también la nuestra, había dejado de ser un pitusa y se había convertido en un *blue jeans*, sin nada debajo, para que se le marcaran bien las diez pulgadas de brazo gitano con que la naturaleza lo había dotado.

A la semana de conocerlos, nos fuimos a tomar cerveza en el Club 23 y sin decir palabra, poco a poco, sin una confesión, me di cuenta de que que odiaban a muerte el sistema y eran tan gusanos como yo. Cuando salimos a las doce de la noche, borrachos como cosacos, ya teníamos años de ser amigos.

Sin embargo, no fue únicamente el pelo largo que los tres teníamos, los recuerdos del pasado, y las ansias y frustraciones del presente lo que nos unió, sino algo que iba más allá de nuestras vidas, más allá de nuestros desvelos y mucho más allá de nuestras ilusiones: la irrefrenable pasión que sentíamos por los Beatles. Esos dioses inequívocos e inagotables que llenaron el mundo de música, melenas, barbas, prodigios y ropas de mil colores; cuatro muchachos que nos enseñaron a ser más libres, más felices y a descubrir con más voracidad la sexualidad; a fumar mariguana y consumir LSD si queríamos; a colgarnos flores y collares, a ser más jóvenes y nunca más volver a ser los mismos; a pensar que merecía la pena, nos hechizaron los corazones y nos hicieron creer que éramos inmortales. Gracias a John, Paul, George y Ringo —así, sin necesidad de apellidos—, todo se llenó de ellos y todo cambió y todos cambiamos. Después que los conocimos nunca más volvimos a ser los mismos.

Meses más tarde, Irela Cruz —«Y Paz, que tengo madre», protestaba orgullosa ante cualquiera que la despojara de su segundo apellido— llegó como traductora de francés al departamento, y de inmediato se convirtió en la cómplice femenina que nos faltaba.

El día que Irela llegó, Nelson la presentó con bombo y platillo ante todo el departamento; elogió la experiencia que traía, dijo que estaba seguro de que sería una adquisición valiosa para todos y le asignó el habitual buró con comején. Sin siquiera sentarse, Irela no tardó mucho en avanzar por entre un buró y otro con su andar ligero de flores vivas, se paró ante mí y mirándome a los ojos con la sonrisa elegante que tantas veces después yo habría de ver, me dijo:

—No sé si te acuerdas de mí. Soy la hermana de Andrés.

No hizo falta que me dijera de qué Andrés hablaba, ni el apellido que tenía, porque para mí solamente había un Andrés: Andrés Cruz, mi amigo de la secundaria Domingo Faustino Sarmiento desde 1960, y a quien yo tanto admiraba y tanto afecto le tenía porque, además de ávido lector, era un moderno del carajo que se pasaba la vida adelantado a su tiempo.

Escéptica, culta, con una gran lucidez para todo y muy incisiva, Irela cultivaba una fina ironía y escondía unos ojos lindos y sumamente sagaces detrás de los espejuelos de cristal grueso que usaba desde niña y que me recordaban los de Cesare Pavese —escritor atormentado si los hay, y suicida abandonado una y otra vez por las mujeres que amó— como aparece en la fotografía de la contraportada de *El oficio de vivir*. Cuando se lo dije, tuve que prestarle el libro, que en mis andanzas me había robado de la germinosa biblioteca de Obispo.

Irela sabía reírse de sus problemas y a pesar de sus maldades —llegaba muy temprano y nos marcaba las tarjetas de entrada a todos— y su innata indisciplina, sabía capear todos los temporales, sobreviviendo gracias a una coquetería contagiosa que manejaba con soltura. Los cuatro éramos unos barcos irremediables, pero Irela era tan barca que Richard le puso *la chalutier*, como se llama en francés el arrastrero, el barco de pesca que debe su nombre a la *chalut*, la red que usa para pescar. En la constante tensión de las reuniones, más de una vez ella protestó con furia cuando alguno de los jefes nos criticaba o atacaba.

El otro compinche que tuve allí fue Alfredo Arbesún. Había sido militante del Partido Socialista Popular desde su juventud, y después de vivir más de veinte años en

Nueva York, en los años cincuenta regresó a Cuba y aprovechando su inglés barriobajero del Village, del Bowery y de Chelsea consiguió trabajo como carpetero en el hotel Comodoro (había que oírlo contar las anécdotas que le pasaron en el hotel a Errol Flynn, a Arturo de Córdova y a Dorothy Dandridge) hasta que a principios de los sesenta entró en el cuerpo diplomático. Se convirtió en primer secretario de la embajada cubana en Londres, duró un tiempo en el cargo hasta que el embajador se fugó con un *attaché case* que tenía un cuarto de millón de dólares y pidió asilo en Edimburgo: como medida profiláctica tronaron a la embajada completa. Para joderlo, le decíamos el Viejo —había nacido en 1912, el año que se hundió el *Titanic*— aunque no le gustaba que le recordaran la fecha, y no era por la tragedia del barco, sino por los años que ya había cumplido. Con su áspera sabiduría y su sutil sentido del humor, era rápido para las bromas y muy listo. Nos hicimos muy amigos a pesar de la diferencia de edad que teníamos con él. Con nosotros, que en tantos líos nos metíamos, nadie fue más solidario que Alfredo.

Al principio lo esquivé varias veces por los comentarios que me habían dicho de que era un tipo huraño y un cascarrabias y después de haber visto cómo le hablaba a otra gente. Cuando pasó el tiempo y lo traté y lo conocí bien me di cuenta de que me había equivocado de a calle: era uno de los seres más afectuosos que he conocido. Cuando ya éramos amigos, un día que nos disparábamos él y yo solos una cerveza tras otra en el bar del Hotel St. John, hablando de la situación del país, tumbado y con el corazón estrujado, me dijo: «Esta enorme mierda no fue por la que yo luché».

El Viejo recordaba con nostalgia el Cutty Sark que tanto bebió cuando joven, y al cabo de tantos años era capaz de repetir de memoria lo que venía escrito en la etiqueta amarilla:

CUTTY SARK
Blended Scotch Whisky
The spirit of adventure lives in us all.
It is the courage of our convictions,
the mark of true character
and the desire to be different.
It is the original easy-drinking scotch.

Ellos cuatro fueron los únicos amigos que tuve en la Pesca. Los cinco éramos apáticos, conflictivos, poco entusiastas; de gustos pequeñoburgueses (decirme eso a mí, coño, que venía de una familia de boticarios, manicuristas y sindicalistas), pero no llegaban a acusarnos de desafectos, apátridas ni contrarrevolucionarios porque entonces hubiera sido ir demasiado lejos. A pesar de que allí imperaba un ambiente tirante, repleto de presión política, donde éramos vigilados, criticados y condenados, había también un clima que era a la vez festivo y lleno de vitalidad y nos divertíamos a mares. Con ellos viví ocho horas al día todos los días durante muchos años y muchas horas más al terminar de trabajar. Con el tiempo, Richard se reveló como una especie de imán alrededor del cual todos girábamos de una forma u otra, y que nos atraía a todos; una especie de introductor de embajadores mediante el que nos conocimos muchos y una tarde, en el noveno piso de la biblioteca del ICAIC, donde habíamos ido a una de nuestras incursiones para robar libros (con un honor de mafiosos, Juan Carlos, él y yo nos habíamos dividido la biblioteca de manera justa: Richard solo libros de cine, Juan Carlos los clásicos; el Dante, Shakespeare, Cervantes, y yo, literatura universal) Richard me presentó a Roberto Mariscal.

Era un apasionado feroz de la música americana —rock and roll, jazz, country—, del cine americano y de la cultura americana; desde los astronautas, carros y la pelota de Grandes Ligas hasta los chiclets Adams. Estudiaba Psicología y nadie se explicaba cómo siendo como era, no lo habían botado de la universidad. Tenía apenas veintiún años con una salud envidiable, de piel muy blanca, espejuelos y una calvicie prematura que, aunque no lo decía, le taladraba la vida. Desde el primer momento que lo conocí me cayó bien por su simpatía natural, su velocidad para el análisis y la memoria borgesiana que tenía para todo. Además, todo lo que tenía de gusano se le salía por los poros. Me di cuenta de que, acabado de conocerme, quiso impresionarme y *épater le bourgeois* con una frase que dijo. No sé cómo, nos pusimos a hablar de literatura, y mirándonos a Richard y a mí, con el aire soberbio de los miopes inteligentes, afirmó tajantemente: «Los tres escritores fundamentales de este siglo son Proust, Joyce y Franz Kafka. No hay nadie más». Enseguida pensé en el pobre Fitzgerald, en la pobre Virginia Woolf y en el pobre Thomas Mann, excluídos del Olimpo. Roberto tenía la suerte de que su familia en la USA de vez en cuando le mandaba algún paquete, y era el único del grupo que se ponía camisas de algodón de cuadros y rayas, chaquetas Lee, *blue jeans* Levi's y mocasines Florsheim. Esteban se babeaba cada vez que Roberto estrenaba algo en una de las funciones de la Cinemateca.

También jugaba pelota, y más de una vez llegó a una función del cine-club entusiasmado por un juego del que venía: «Hoy batié de 4-2 y saqué out a dos corredores que trataron de robarme una base». Una vez me dijo que hubiera podido ser un buen catcher y hasta llegar a la Serie Nacional si en los juveniles un negro enorme del equipo rival no lo hubiera reventado en *home* cuando trató de anotar desde segunda base. «Me fracturó una clavícula, pero lo saqué out», se jactó. Entre tantos jugadores monstruosos de los años setenta, Johnny Bench, el catcher y cuarto bate de los Rojos de Cincinnati era su ídolo. Años más tarde, el azar le jugó una broma celestial cuando escapó de Cuba por la Flotilla del Mariel y después de año y pico en Miami, se fue a vivir a Cincinnati y, por una de esas casualidades de la vida, coincidió en un gimnasio con Bench y estuvo mucho tiempo jugando *squash* tres veces a la semana con él.

Como se estaba quedando tempranamente calvo, el Bobby —como le decíamos— cambiaba mucho de imagen. A veces, la novia que tenía entonces, a la que no sé quién le puso Lady Pop, lo pelaba cortico y le hacía una especie de peinado a lo Nerón. En otra época le dio por ser Alan Bates con su bigote de Fu Manchú en *El mensajero*, pero a quien de verdad se parecía sin proponérselo era a Elliott Gould; con los pelos crespos y negros revueltos, lo que a él le complacía que le dijeran, porque por esos años Gould era uno de los actores más de moda del cine americano. Cuando le dio por dejarse la barba, los pelos le salieron medio rubiancos, ralos, rojizos y le crecieron libremente de un lado para otro, convirtiéndosela en una barba hirsuta, el viejo Arbesún lo definió como nadie: «Compadre, es un puro rabino. Lo sueltas en una esquina de Brooklyn y en una semana se hace dueño y señor del barrio, las judías le rinden pleitesía y no paran de llevarle bizcochitos de miel, roscas y *basbousas*». Desde entonces no le dijo otro nombre que el Rabino.

Unos y otros nos pasábamos los libros que conseguíamos y juntos todos leímos *El cuarteto de Alejan-*

dría, *Tres tristes tigres*, *París era una fiesta*, *El otoño del patriarca*, *Un mundo feliz*, *El gatopardo*, *Cartas a Milena*, *El maestro y Margarita* y *La casa verde*; juntos vimos películas de Jean Renoir, Carlos Saura, Wajda, Polanski y Howard Hawks y soñamos con ver a Steve McQueen, Clint Eastwood y Jack Nicholson; escuchamos juntos canciones de los Rolling Stones, Simon & Garfunkel y Janis Joplin; y fuimos (menos el Bobby, que ya los detestaba y se negaba a ir) a recitales de Silvio Rodríguez, Pablo Milanés y Noel Nicola, ya que no teníamos a Bob Dylan. Éramos gente entre la gente, caminábamos Miramar, La Habana Vieja y el Vedado; nos encharcábamos de cerveza (*boire jusqu'à tomber*, como solía Irela decir en francés) donde nos cogiera el momento; en el Ferretero, el Carmelo de Calzada, el Conejito, Prado 264, la Romanita, Los Andes y la piloto de 23 y 16; y muchas más veces que una bebimos ron peleón en bares, restaurantes y cantinas de toda La Habana en interminables conversaciones de todos contra todos. Y así, semana tras semana, era un ciclo que no terminaba. El tiempo nos iba enseñando que nada era más difícil que vivir.

Un día, a la salida de un aburridísimo mitín relámpago para pedir la libertad de Angela Davis y, de paso, donar una libra de arroz para Mongolia y condenar la agresión imperialista en Guatemala, conocí a Amapola García.

Era una de esas tardes de invierno que rara vez se ven en La Habana; despejadas y llenas de una luz malva, con una leve brisa fría, y que incluso son más frecuentes a principios de abril que en noviembre, antes de que empiece el calor y llegue mayo y luego junio y ya nadie pueda parar el agobio del verano. Las lluvias de octubre terminaron, la yerba seguía verde y a ambos lados de la bahía el desastre crecía entre las colinas más altas. Vivíamos en la inopia.

El pasado se añoraba en los chistes (*El champú Drene, que ya no viene, El jabón Camay, que ya no hay*) que recordaban los *jingles* del capitalismo; se eternizaba en los miles de carros americanos que surcaban la barrera del tiempo: un Chrevrolet del 57, un Buick del 50, un Studebaker del 51, un Ford del 49, un Oldsmobile del 54, pero la realidad era que no había nada. No había peleterías, peluquerías (Mirta de Perales se había ido en el sesenta), florerías ni jugueterías, y las pocas panaderías, dulcerías y cremerías que quedaban pasaban el Niágara en bicicleta para hornear y confeccionar algo. La Antigua Chiquita, Lucerna, La Gran Vía, Toyo y Los Pinos Nuevos eran una memoria lejana de pasadas glorias. Las farmacias de turno habían desaparecido, y también las ópticas, las mueblerías, los laboratorios, los jardines, las ferreterías y los sastres anatómicos y fotométricos de El Sol en la Manzana de Gómez. De las Lámparas Quesada solo quedaba la esquina de Infanta y San Lázaro donde prosperó; de la joyería Cuervo y Sobrinos lo único que sobrevivió fue un letrero herrumbroso y de Los Precios Fijos, J. Vallés y Almacenes Ultra solo quedaron los percheros y los estantes como un recuerdo folklórico de lo que fueron. No había carreras de galgos ni hipódromos ni pintura Glidden ni dónde comprar un carro ni prostíbulos con putas de todos los colores, tamaños y edades. Ya nadie podía comprar un H. Upmann en la bodega ni un botellón de agua La Cotorra ni el periódico *Información*, *El Crisol* y *Ataja*. Ni una revista *Vanidades*, ni *Selecciones del Reader's Digest* ni tomarse un *frozen* de chocolate con un bocadito en el Tencén de Galiano. Se perdieron de la vida diaria los cocteles de frutas Stokely's, los jugos

Taoro, la Malta Hatuey, la sopa de pollo Campbell's, el Corn Flakes de Kellogg's, el Milky Way, el humilde mas-arreal, el boniatillo, el coquito, los zapatos Cordobán y los tamaleros, fruteros, dulceros, afiladores de cuchillos y tijeras, botelleros, vianderos, yerberos, heladeros, granizaderos, maniseros y billeteros de la lotería que con sus pregones eran la banda sonora de la cotidianidad. Porque la cosa estaba de pinga, queridos amiguitos.

Me tropecé con ella en el apuro para salir al pasillo. Estaba tan desesperado por escaparme de la angustia que tuve que aguantar durante casi una hora en el salón de actos, que tropecé con ella y le tumbé al suelo un folder lleno de papeles que llevaba.

Cuando se agachó a recoger los papeles y la vi a dos pasos de distancia me quedé pasmado. Era la criatura más inverosímil que yo había visto en mi vida. Asomaba a sus labios una sonrisa y su fragilidad iba pareja a la densidad de la luz que la rodeaba. Hay mujeres graciosas, lindas y bonitas, en cambio, el bárbaro esplendor de la belleza es otra cosa. Qué coño va tener Hedy Lamarr la cara más bella. Tampoco Catherine Deneuve. Ni siquiera Ava Gardner, con todo lo que haya dicho de ella Ernest Hemingway. Ni Helena de Troya, a punto de ser asesinada por Menelao Mora. Era tan peligrosamente bella que todas parecían camareras de pizzería, criadas o empleaditas de Flogar a su lado.

Tenía algo absolutamente inconcebible, que a su vez era desmesurado; rasgos exagerados que trascendían; que eran indefinibles, otra cosa. Dolía mirarla.

Llevaba el pelo —como caoba, cobre bruñido o café turco— en una abultada trenza que le corría por la espalda. Tenía una frente despejada, cejas espesas y bien formadas y unos ojos grandísimos y lánguidos, de un color que oscilaba entre el gris de la niebla y el verde del mar, rodeados de pestañas muy negras que no paraban de crecer escondidos detrás de espejuelos de miope. La nariz romana de Silvana Mangano de puente alto y ligeramente arqueado era perfecta. Los pómulos prominentes hubieran sido la envidia de Marlene Dietrich si Von Sternberg no la hubiera obligado a sacarse los cordales germanos. Los cachetes eran diáfanos, la barbilla pronunciada y el cuello más largo que he visto fuera de una pintura de Modigliani. Por si fuera poco tenía una boca carnosa, llena de dientes blanquísimos, con los colmillos un poquito montados y que enloquecía mirar.

Era sobre lo alta, con un par de tetas paradísimas que querían romper la blusa de poliéster azul claro que tenía puesta y que parecían dos potrancas desbocadas. Llevaba una discreta maxifalda gris que le marcaba unas buenas caderas, un culo saludable y unas piernas largas que no lograban disimular las botas que hizo famosas Nancy Sinatra con *These Boots are Made for Walkin'*. Parecía una *maggiorata* italiana (más Giuseppe De Santis que Botticelli), y sin quererlo emanaba una sensualidad leve, nada agresiva, que le regalaba el perturbador erotismo de una *madonna*.

—Ay, disculpa. No te vi —me dijo.

—Eso te pasa por esconder unos ojos así detrás de los espejuelos: no ves nada —le dije.

Metió los dedos en la mata de pelo caoba con ese gesto tan femenino con que algunas mujeres se arreglan al descuido el pelo.

—Es verdad, de cerca no veo bien con ellos —me dijo. Y sonrió de la manera como solo sabe sonreír la gente introvertida.

—Desde Mahatma Gandhi yo no veía una cara tan plácida —le dije, y me miró boquiabierta y roja como un tomate—. Tienes una sonrisa más linda que la de la Mona Lisa.

Hizo como si no lo oyera y me di cuenta enseguida de que a pesar de la atracción que derrochaba, era muy poquita cosa:

—¡Ay, pérdoname, pero no me fijé por donde iba! —me dijo turbada, sin levantar la cabeza, como si la culpa fuera de ella, y terminó de recoger los papeles.

—No hay que ponerse tan seria para decirlo —le riposté con toda la intención de provocarla y tratando de controlar lo que me pasaba. Sin embargo, se cortó y no supo salir del paso. Era más tímida que una ardilla.

—Es que iba entretenida —se excusó encogiéndose de hombros.

La observé de arriba abajo.

—La culpa fue mía. Los martes a las tres y media de la tarde ando perdido —le respondí y entonces se rió con la risa más cautivadora que había visto. Le extendí la mano, le dije mi nombre y me miró:

—Me llamo Amapola García —me dijo y me dio una mano con uñas recortadas y pintadas en la que usaba una sortija de amatista.

Yo había oído otros nombres de flores para mujeres —Hortensia, Rosa, Orquídea, Dalia, Margarita—, pero nunca ése. Era un nombre tan poco usual que pensé que estaba jodiendo. Además, por alguna razón, me pareció ridículo. Por supuesto, no se lo dije.

—Como la canción: Amapola, lindísima Amapola, será siempre mi alma tuya sola.

—Así mismo. Me pusieron el nombre por la canción —me dijo y se fue apurada, cogiendo por el pasillo hacia su oficina.

La seguí con la vista, regresé al departamento y esa misma tarde averigüé todo lo que pude sobre ella.

Supe estaba casada con un tipo mayor que ella que era dirigente en algún ministerio. Supe que hacía poco había empezado a trabajar como ingeniera de congelación en uno de los proyectos de los barcos de pesca —arrastreros, atuneros y palangreros— que la empresa Astilleros del Caribe mandaba a construir en Marsella, Saint-Malo y Boulogne-sur-Mer y, que una vez terminados, zarpaban hacia Cuba listos para ir a pescar a aguas de Perú, el norte de África, y cerca de Groenlandia. Supe que sus padres se habían ido del país, que le habían dejado el apartamento del Vedado donde vivía, y que regresó graduada con honores de la Universidad Lomonósov de Moscú. Que era militante de la UJC y que tenía veintisiete años.

Estuve el resto del día oliendo su aroma, pensando en ella y en la perra cara que tenía. A partir de ese momento encontré muchas veces a muchas horas y en muchas partes a Amapola. Y también, cada vez que pude, la busqué.

Me aprendí de memoria los lunares que tenía en los brazos, las pequitas de la nariz, el olor a Venus que desprendía su piel, el colmillo montado a la izquierda de la boca, la verruguita clásica, los pómulos febriles que brillaban con luz propia, las clavículas ansiosas, la nuca breve, las tetas perfectas que se le marcaban por encima de cualquier ropa que se pusiera, y hasta los sigilosos pasos de venada en el bosque que escuchaba por los pasillos, de modo que aun sin verla, sabía si estaba cerca o si acababa de pasar. A cualquier hora que pasara del otro lado del cubículo la buscaba absorto en mi respiración. Una tarde comprendí que no tendría un momento de paz hasta que no me encontrara solo con ella y le dijera cuatro cosas. Recurrí a todo tipo de pretextos y artimañas olvidadas para propiciar el encuentro, pero no lo logré porque siempre estaba con alguien.

Perdí el sueño, las ganas de hacer cualquier otra cosa y solo pensaba en ella, que nunca llevaba el pelo suelto; casi siempre con un moño, una trenza o un rabo de mula, como si no quisiera lucir, sino pasar inadvertida por el mundo. Inventé un complicado plan para toparme con ella por los pasillos, en el comedor, en los mitines relámpago, en las asambleas de producción y de méritos y démeritos, en el almuerzo y a la hora de la entrada y la salida, pero pocas veces lo logré; era como si se esfumara y tardé algún tiempo en darme cuenta de que también mi obsesión era una forma de trastorno; la ansiedad de la torpe perfidia de la vida.

Cada vez que la veía, me metía con ella y le cantaba un pedazo de la canción que le dio nombre: yo te quiero, amada niña mía, igual que ama la flor la luz del día, Amapola, lindísima Amapola, no seas tan ingrata y ámame, Amapola, cómo puedes tú vivir tan sola. Sonreía: «Ay, qué poético»; me decía: «Qué cómico», o me cortaba gentilmente, con sus hermosos pómulos altos siempre más alabastrinos: «Niño, por Dios», pero seguía y no me hacía caso. Temí que me ocurriera con ella lo que me había ocurrido con otras mujeres —muchas más de las que hubiera querido— que no pude nunca conquistar; temí que integraría ella esa lista nefasta donde estaban Clarita Marchena, Lucy Jambrina, Anita Menéndez, Lidia Mateo, Georgina Álvarez, Esperanza Bolinaga, Silvia Martínez, Diana Campos, Maribel Valdés y Esther Almirall, mujeres todas que pasaron por mi vida sin saber que pasaron.

No he conocido ninguna mujer menos consciente que Amapola del hechizo que provocaba, y mis pensamientos sucios con ella crecían por día. Me olía que el tipo de mujer como ella, modosita, cuando llega el momento de la verdad eran impredecibles; se calientan, no piensan en nada y se volvían locas. «Un volcán cubierto de nieve», como describió Hitchcock a Tippi Hedren para referirse a la pasión que la actriz gravitaba tras su halo de ingenuidad.

Nos vimos muchas veces, pero por gusto. Un día, Nelson me llamó a su oficina y me dijo algo que me dio un salto en el epigastrio, una de las nueve regiones en que se divide el abdomen, que no el estómago.

—Tienes que ir ahora mismo a casa de Amapola García a traducirle el *blueprint* de la nevera y los congeladores de un arrastrero —me dijo—. Tiene una gripe tremenda, no puede salir de la casa, y la traducción tiene que estar lista mañana.

Se rascó y se despeinó la cabeza con su gesto habitual y me dio un papel escrito: «Aquí está la dirección. Es en el Vedado».

Me quedé helado por lo que acababa de oír y no le respondí nada. Le dije que sí con la cabeza, cogí el papel y me fui de la oficina, del edificio y del puerto para ir a buscar la guagua. Eran las cuatro de la tarde del viernes 23 de julio de 1971, y si todavía me acuerdo tan bien de la fecha, es porque ese día mi sobrina Sarita —el primer hijo de mi hermano, y el primer niño que llegó a mi casa después que él y yo nos hicimos hombres— cumplía un año y en mi casa mi mamá preparaba la fiestecita para el otro día; un pedazo de cake, un bocadito, ensalada de coditos y una croqueta en una cajita. ¿Cómo se dice cumpleaños en japonés? Kojí Kajita.

En el marasmo del calor, el sudor me corría por todo el cuerpo, la ciudad reverberaba pero yo iba como un zombi, solo pensando en Amapola.

Yo tenía puesta una camisa McGregor de *nylon*, anaranjada con óvalos rojos, tan estridente que provocaba incluso la atención de las más afocantes locas de la Cinemateca; un pantalón campana de poliéster color cartucho que una semana antes había conseguido con un francés con el que trabajé como intérprete y unos zapaticos que me habían tocado por la libreta.

Cogí una 24 llena de mujeres bullangueras, de humedad y desparpajo que me llevó hasta el Parque Central y de ahí una 64 que en media hora me dejó en La Rampa. Por encima de los edificios, de CMQ y del restaurante Mandarín se veía un cielo más que azul en el Panavision y el Technicolor de la MGM.

Amapola vivía en un edificio que quedaba al final de 23, frente por frente al Malecón. El edificio en otra época debió haber sido bonito, pero como pasaba con todo, la desidia, el abandono y la suciedad se lo estaban comiendo por una pata. Cada día, La Habana se parecía más a una puta que había sido linda y ahora estaba en decadencia. La puerta que daba al *lobby* estaba abierta. Cuando lo construyeron en los años cincuenta, el vestíbulo debió haber sido una maravilla, pero la sordidez de la gloriosa revolución socialista había acabado con él. Un espejo descascarado y sin azogue colgaba de unas paredes a las que les hacía falta tres manos de pintura Sherwin-Williams. Había una mesa larga desvencijada y dos butacones descoloridos que parecían sacados de una cinta de horror de la Organización Rank.

Nelson me dijo que Amapola iba a estar esperándome y, aunque no tenía reloj (ni un Bulova ni un Seiko; ni siquiera un Poljot soviético), sabía que no faltaba mucho para las cinco. Como siempre, llevaba conmigo un libro —*Ya no humano*, de Osamu Dazai—, echado al pico hacía poco de la biblioteca de 100 y 51, en Marianao. Fui hasta el final del pasillo y subí al octavo piso en un ascensor que olía a viejo.

133

Busqué el número del apartamento y toqué el timbre, con la mano en el picaporte.

Amapola García me abrió la puerta.

Aun con los espejuelos puestos, estaba deslumbrante. Llevaba un vestido lila descotado al frente que dejaba ver el nacimiento de los senos, un collar de piedras negras y dos argollas de plata. Me saludó dándome la mano (aún no se usaba mucho que las mujeres saludaran a los hombres dándole un beso en la mejilla o en el aire) y me mandó a entrar:

—¿Encontraste fácil la dirección? —me preguntó.

—Sí, facilísimo —le contesté—. Era coger 23 hasta Malecón, allí hacer una derecha y buscar el edificio.

El apartamento se parecía al de Doris Day en cualquiera de sus películas, lo que no es de extrañar si se piensa que gran parte de la pequeña burguesía habanera viajaba mucho a Miami —apenas a cuarenticinco minutos de vuelo— y a Nueva York y regresaba con las mismas ideas frívolas para decorar sus casas. La sala era amplia, de techo alto, con unas cortinas pesadas, un par de puertas de dos hojas y un balcón que daba al Malecón. Era un apartamento moderno, que a solo once años de calamidad socialista estaba aún reluciente, con muchas lámparas —suficientes para iluminar el Boulevard Saint-Michel— todas nuevas, colocadas donde debían ir. En la sala había un sofá marrón, un butacón del mismo color, la habitual mesita de centro y una especie de consola con radio y tocadiscos en un rincón. Había también cojines por el suelo, un montón de revistas en un cesto, una muñeca vestida para salir encima de una mesa, una fila de novelas de Zane Grey en la repisa de una chimenea de cartón y dos hileras de cuadros al óleo en chillones marcos dorados.

Nos sentamos en la mesa del comedor y con el anteproyecto o *blueprint* de los arrastreros delante nos pusimos a trabajar enseguida; ella a indicarme lo que quería que yo hiciera, y yo a traducir toda aquella mierda de congelación, bodegas, termómetros, peligros de averías, problemas térmicos, etcétera. Las líneas blancas sobre el fondo azul terminaron mareándome.

—Ya casi terminamos, ¿no? —me preguntó.

—Por suerte: me tiene los ojos ardiendo —le dije—. Es primera vez que hago esto.

Trabajamos hasta las once y pico en el proyecto, y al rato de estar los dos allí, sin saber qué hacer ni qué decir, me hizo una pregunta con la que siempre recordaré esa noche inolvidable en que la vida era menos una queja: «Hace un calor horrible. ¿Qué prefieres: limonada, café o vodka?». A esa hora, la pregunta era ociosa y la miré y fruncí el ceño.

—Tu pregunta me ofende —le reproché riéndome—. Claro que vodka.

Ella hizo un mohín y yo me volví a reír y comprendí que los dos estábamos nerviosos, con esa ansiedad que a veces precede los encuentros sexuales, que tenía que serenarme. «Es una botella que unos soviéticos le regalaron a Óscar mi marido», me dijo, mientras caminaba hacia la cocina y yo la seguía. Fue en ese momento que me detuve a pensar que todo pintaba estar a favor mío. Siempre he pensado que cada cual se merece el nombre que tiene y Óscar —como Waldo y Abelardo— era nombre de chivato, hijoeputa y tarrudo. Por otra parte, había que ser un indio de Cochabamba para no saber que con ese nerviosismo me estaba enviando un mensaje cifrado. Resultaba más que transparente que, como aquel mozambique del Afrokán, Iliana quería chocolate.

Amapola abrió una alacena empotrada en la pared, estiró los brazos y como por arte de magia sacó una botella de Stolichnaya sin estrenar. Yo había bebido vodka antes y también antes había bebido Stolichnaya, elaborado por la CCCP en una destilería moscovita, así que no me sorprendió. Me dio la botella, un vaso y me serví un par de dedos. «Bueno, ¡*nasdrovia*!», le dije alzando el vaso. «¿Sabes ruso también?», me preguntó. «Eso es salud en ruso. Acuérdate que estudié en la URSS», me dijo. «No, no sé. Es un brindis que me enseñaron hace poco», le respondí y me disparé el trago de un golpe. Sorbí el vodka y el sabor se extendió suavemente por todo el paladar. Me sentía protagonista de un clavo de los estudios Mosfilm. A pesar de que me quemó la garganta, no moví ni un solo músculo de la cara.

—¿Te lo tomas así, sin echarle nada? —me preguntó, con una combinación de pasmo y extrañeza. Y agregó curiosita—: Yo no podría.

Le contesté que sí, que me lo tomaba sin nada, de *straight*, como se dice; como aprendí a tomar ron en las primeras fiestas con alcohol a las que fui, cuando estaba en la secundaria y donde uno no podía quedar mal delante de las impacientes muchachitas que hacían una rueda para ver cómo los varones competían y bebían, y había que comportarse como todo un hombrecito. Mientras hablábamos, me tomé otra vez de golpe un segundo trago y ya con el tercero en la mano, la convencí para que bebiera uno, que se lo iba a hacer flojo. «Está bien —aceptó sin mucha convicción—, pero no muy fuerte que me mareo». Le pregunté si por casualidad tenía batidora y de otra alacena sacó una Osterizer del año de la cometa, la marca con la que Nitza Villapol —y la servicial negrita Margot a su lado— hacía millones de recetas, batidos y postres caseros en su programa *Cocina al Minuto*, que ante la falta

136

de comida se convirtió poco a poco en subversivo después del 59. «Te voy a hacer un daiquirí», le dije.

—¿Un daiquirí? —me preguntó—. ¿Sabes hacerlos?

—Un daiquirí eslavo. Con vodka en vez de ron —le dije haciéndome el chistoso.

Ya no le quedaba azúcar, sin embargo no sé dónde encontró una cajita. «A ver si esto te puede servir. Son terrones de azúcar que trajo mi marido de un viaje a Canadá», me dijo y le hice el daiquirí eslavo. Le eché bastantes terrones, cantidad de limón y mucho hielo para que no notara lo cargado que estaba y se lo serví en un vaso alto que me había dado. Cogió el trago, lo miró y se tomó el primer sorbo lentamente, hizo una mueca y se le formaron dos arruguitas alrededor de la boca. Ni siquiera así estaba fea.

—¿Te gusta? —le pregunté.

—Sí —me respondió—. Está rico, pero creo que está un poco fuerte. Ya te digo, nunca tomo.

—El próximo te lo hago más flojo —le mentí—. Te lo prometo.

Hablamos un poco y al rato le preparé otra pequeña bomba que a mí me habría hecho flotar por encima de una cerca . Yo me serví menos. Se la tragó como quien se toma una aspirina y miró la botella. Le serví un tercero. Sus ojos del gris de la niebla y el verde del mar se habían oscurecido dos tonos y fue como si si se asomaran al universo.

La cara tenía el brillo apagado que a veces da el alcohol, y tenía una sonrisa floja. Los tragos le estaban haciendo efecto. Le dije que se quitara los espejuelos. Los ojos tenían una mirada peculiar que ya había visto en otros hombres y en otras mujeres. Estaba en nota.

Cogí mi vaso y bebí de él lentamente, para que pareciera que quedaba más de lo que realmente había. El vaso de Amapola repiqueteaba contra sus dientes. Se inclinó sobre mí para decirme algo. Su aliento era tan embriagador como el de un cachorrito.

—Creo que el vodka se me ha subido un poquito a la cabeza —me dijo con voz risueña.

Me tomé la mitad del vaso y le dije: «Es que la estás pasando bien», le sonreí, cogí los dos vasos y entré en la cocina para llenarlos otra vez. Se quedó inmóvil unos segundos. Estaba empezando a jalarse.

Regresé con los dos vasos llenos, Amapola bebió un sorbo e hizo otra una mueca con la cara y le dije:

—Tenemos toda la noche para hacerte uno mejor.

—Toda la noche.

Se quedó mirando al vacío. Parecía hipnotizada.

—¿Puedo hacerte una pregunta? —me dijo atropelladamente.

Le contesté con suma educación:

—Claro que sí.

—¿A ti te gustan los boleros? —me preguntó intrigada—. Dímelo con sinceridad.

Me demoré en contestarle el tiempo que me dio la gana. Me le acerqué luego para proteger a mi respuesta de lo que pudiera estar guardándome el viento caliente que soplaba desde el mar. Cuando estuve a una pulgada de ella, le dije más sincero que nunca en la noche:

—Claro que me gustan los boleros. ¿Por qué me lo preguntas?

Me lo explicó de forma alegre.

—Es que con esa melena y esas patillas que tienes —me dijo—, pensé que lo que te gustaba eran los Beatles, los Rollings o los Mustang. Por nada me hubiera imaginado que te pudieran gustar .

Tenía que explicarle que mi infancia no eran recuerdos de un patio de Sevilla ni de un huerto claro donde maduraba el limonero, sino de una casa larga y grande donde vivía toda la familia y donde veíamos por televisión *La taberna de Pedro*, la lucha libre y *Aquí todos hacen de todo*; los episodios de vaqueros de Johnny Mack Brown y Alan Rocky Lane; de Gene Autry con su caballo Champion, de Hopalong Cassidy con su caballo Topper, antes de que llegara Roy Rogers con Trigger, y los eclipsara a todos. Donde veíamos el boxeo, los juegos de pelota entre Almendares, Habana, Marianao y Cienfuegos y al excéntrico Renato Carosone cantando *Mambo italiano*, *Piccolissima serenata* y *Tu vuò fà l'americano*. Pero también *El Bar Melódico de Osvaldo Farrés* porque desde que nací mi vida había estado llena de boleros. Tenía que decirle que los boleros me habían vuelto tan romántico como Bécquer, Santos Chocano y José Ángel Buesa, aunque sin tantas gaviotas, golondrinas, ruiseñores y nardos y orquídeas y claveles como ellos. Tenía que decirle que había crecido oyendo boleros, que antes de que conociera el rock and roll, ya conocía y me gustaban los boleros. Que había crecido oyendo boleros, que cuando conocí y me gustaron *Tutti Frutti*, *Rock Around the Clock*, *Don't Be Cruel*, ya hacía años que me gustaban *Plazos traicioneros*, *Nuestro juramento* y *Vereda tropical*; decirle que sin ser un farandulero había visitado un paquetón de clubs, bares y cabarecitos de toda La Habana en los que se cantaban boleros; confesarle que me conocía de memoria los sentimientos del bolero —la ilusión, el despecho, el desengaño—, que venía de la cultura sentimental del bolero; que tenía una debilidad inexplicable por todos los boleros, lo mismo los más extraordinarios que los más cursis; explicarle que me conocía de memoria millones de letras de boleros y hasta los nombres de los compositores. La letra de *Cenizas*, de Wello Rivas; la letra de *Flores negras*, de Sergio De Karlo; la letra de *Piel canela*, de Bobby Capó; de *Obsesión*, de Pedro Flores y de *Humo y espuma*, que compuso el santiaguero Rolando S. Rabí, amigo del padre de un amigo mío. Cómo carajo explicarle que desde niño chiquito me sabía la trágica historia detrás de *Nosotros*, compuesta por Pedrito Junco; que me encantaban los boleros; que el pelo largo, la ropa de colorines y el rock and roll y las guitarras eléctricas y las baterías eran algo que me gustaron más tarde.

La Habana era una ciudad muy musical y la música sonaba por todas partes, de cualquier parte y a todas horas. Se escuchaban sones, guarachas, mambos, danzones, chachachás, guaguancós y uno aprendía a conocerlos. *María Cristina*, *Mata siguaray*a, *El vivebién*, *Qué rico el mambo* y *La engañadora*. Y una imparable avalancha de boleros: *Miénteme*, *Noche de ronda*, *Mentiras tuyas*, *Nuestras vidas*, *Tú me acostumbraste*. Salían de los radios, de los televisores, de los tocadiscos, porque las ventanas y las puertas y los balcones estaban abiertos el día entero y era como si la música saliera de todas las casas, las bodegas y los bares. Que aparte de las rancheras de su mil veces adorado Jorge Negrete que mi mamá nos cantaba bajito para dormirnos a mi hermano y a mí (*de esta tierra de Cocula, que es el alma del mariachi, vengo yo con mi cantar*, nos cantaba; *voy a contarles un corrido muy mentado, lo que ha pasado allá en la hacienda de la Flor, la triste historia de un ranchero enamorado, que fue borracho, parrandero y jugador*, nos cantaba; *¡ay, Jalisco no te rajes!, me sale del alma gritar con calor, abrir todo el pecho pa echar este grito, ¡qué lindo es Jalisco, palabra de honor!*, nos cantaba) también nos dormía cantándonos boleros.

Traté de cantarle el que tal vez era ya mi bolero favorito de todos los tiempos; el que cantó como nadie Beny Moré; el mejor cantante cubano de cualquier época y de cualquier género; el mejor sonero, el mejor guarachero y el mejor bolerista; el Beny, coño, al que un día conocí en un solar de mi barrio y hasta le di la mano. Le tiré a dar:

—Cómo fue, no sé decirte cómo fue/ no sé explicarme qué pasó/ pero de ti me enamoré.

Lo reconoció enseguida y me siguió la rima:

—Fue una luz que iluminó todo mi ser/ tu risa como un manantial/ regó mi vida de inquietud —cantó entusiasmada.

—Oh, oh, vida/ si pudieras/ vivir la feliz noche/ en que los dos supimos nuestro amor —seguí yo, embullado con otro bolero del Beny.

—Sentir que nuevamente es mío tu cariño —me respondió con el resto de la letra. Se la sabía bien.

Amapola estaba exultante, que es un adjetivo que me aprendí por aquellos días. No cabía dentro de la ropa.

—Voy a ponerte unos cuantos —me dijo. Pero se quedó corta.

Se puso a buscar y encontró decenas de discos. «Eran discos de Papi. Me los dejó cuando se fue con mi mamá y mis dos hermanos más pequeños para New Jersey, en el sesentipico», me dijo. Puso uno y después otro y después otro y otro más y no paró de poner discos. Se agachó en la consola y siguió sacando discos de 45 RPM, discos de 78 RPM; viejos *long playings* de Panart, de Puchito, de la RCA Victor, de Seeco, de Gema. Empezaron a llover boleristas de todos los tiempos, de todos los estilos y de todos los países; cantantes que cantaron boleros en algún momento de su vidas; cubanos, mexicanos, puertorriqueños, dominicanos, chilenos, ecuatorianos, venezolanos, argentinos; encaramándose unos encima de los otros:

Blanca Rosa Gil ORLANDO CONTRERAS Toña la Negra JULIO JARAMILLO Daniel Santos PANCHITO

RISET Sonia y Myriam BOLA DE NIEVE Alberto Beltrán CELIO GONZÁLEZ Marco Antonio Muñiz OLGA GUILLOT Rolando Laserie LEO MARINI La Lupe BIENVENIDO GRANDA Orlando Vallejo EVA GARZA Los Panchos ROBERTO FAZ Vicentico Valdés NAT KING COLE Beny Moré ÑICO MEMBIELA Bertha Dupuy RENÉ CABEL Fernando Albuerne JOHNNY ALBINO Tito Rodríguez LOS TRES ASES Elvira Ríos PEDRO VARGAS María Luisa Landín ELENA BURKE Ruth Fernández MYRTA SILVA Amelita Frade JOSÉ TEJEDOR Armando Manzanero DANIEL RIOLOBOS José Feliciano PACHO ALONSO Fernando Álvarez FRANK DOMÍNGUEZ Lino Borges BOBBY CAPÓ Antonio Machín MARTHA JUSTINIANI Gina León ELA CALVO Nelo Sosa ROBERTO ESPÍ Lucy Fabery AVELINA LANDÍN Fernando Fernández NELSON PINEDO y Freddy con el único disco que grabó con la orquesta de HUMBERTO SUÁREZ.

Se me fue la pena y le canté otro: *Mujer, si puedes tú con Dios hablar, pregúntale si yo alguna vez te he dejado de adorar.* Y otro: *No te importe saber que mi boca besará otra boca una vez.* Y otro más: *Quiero escaparme con la vieja luna en el momento en que la noche muere.* Amapola me miraba y me escuchaba y hacía dúo conmigo entregada y radiante y contenta; cruzábamos otros mares de locuras, veíamos fantasmas en la noche de trasluz y nos sobraba mucho, pero mucho corazón.

¿Cómo explicarle que los boleros formaban parte de mi niñez? ¿Cómo decirle que en muchos de los recuerdos que tenía —en Guanabo, en Jaimanitas, en el Wajay, en los Jardines de La Tropical, en el Coney Island— se escuchaba desde una victrola un bolero? *Voy viviendo ya de tus mentiras, sé que tu cariño no es sincero; por alto está el cielo en el mundo, por hondo que sea el mar profundo; me gusta todo lo tuyo, todo me gusta de ti.* Boleros de un velado misterio; canciones embelesadoras; con una letra y una música y un intérprete que no he olvidado nunca, que integraban la historia personal de mi vida y que regresaban. ¿Quién dijo que la nostalgia empezaba siempre por la música?

Hay lugares, aromas y canciones que no se olvidan jamás, que forman parte de cada cual y vuelven cuando uno menos lo espera. Recordé una tarde en Jaimanitas, que era junto a Guanabo la playa a la que más íbamos. Yo era muy niño y estaba toda familia. Mi mamá, Abuela y Abuelo; mi hermano, mi padrino con una de sus novias ocasionales, mi tía Nenita, Madrina y Mario; todos sentados debajo de unos pinos, cerca del mar, tomando refrescos y comiendo las empanadas de carne y de guayaba que mi abuela preparaba ella sola la noche anterior y que freía al despertarse por la mañana. No lejos, pegados unos a otro, había muchos bares de malamuerte y, entre el olor a ron, a tamal, a tabaco, a cigarro, a carne de puerco, y el escándalo de los hombres y mujeres que jugaban cubilete, comían aceitunas y rodajas de chorizo y bebían Hatuey y Polar y Cristal, de una victrola salían voces quebradas *soñar que te tengo en mis brazos, que te doy mis caricias con todas las fuerzas del corazón;* salían voces embrujadoras *tengo hambre de tus besos, tengo sed de tus desmayos;* salían voces cálidas *cada vez que te digo lo que siento, tú siempre me respondes de este modo, deja ver, deja ver, si mañana puede ser lo que tú quieres.* Eran palabras que yo no entendía, aunque de alguna manera me resultaban entrañables y me conmovían sin yo saber por qué. Pensé entonces que siempre he querido saber por qué cada vez que escucho boleros viejos, como un rapto de la memoria proustiana, vuelve ese recuerdo involuntario. Recordé otra época. De cuando tenía doce o trece años y me pasaba el día entero mataperreando con mi hermano por el barrio y las victrolas de los antros de perdición de Lawton —el Rinconcito Bar, el Cangrejito y el Pampanini— no paraban de sonar con boleros; los boleros más pesimistas, machistas y aguardentosos que existían. Hasta llegar a *Amor en tragos*, en la decadente voz de Domingo Lugo; acaso el peor bolero jamás escrito; tan horrible que era bueno, una pequeña obra maestra del *kitsch*. Hay que oírlo para poder comprenderlo de verdad: *No me interesa tu mal cariño/ no me interesa nada de ti/ ahora estoy libre y estoy tranquilo/ sin una queja soy muy feliz/ no me hace falta tú bien lo sabes/ que en una barra te conocí.*

Y las putas se asomaban a la puerta para ver pasar la gente, en busca de aire fresco y de clientes y un anochecer, una de ellas me preguntó: «Oyéme, papito, ¿ya tú meas dulce?» . No le entendí la pregunta y le contesté que no sabía, que creía que no, que meaba amargo. Y entonces ese recuerdo se desvanece.

Los daiquirís debieron haber envalentonado a Amapola, porque me preguntó si yo bailaba. No sabía bailar ni he aprendido nunca, pero el alcohol me había quitado la pena y le dije que sí: «Bailo un poquito». Y empezamos a bailar. Yo a pisotearla sin querer y ella a quererme guiar. «Deja que el cuerpo siga la música —me dijo—. Escucha el ritmo». Bailamos más y vi que había una entrada, una brecha, una historieta incubándose y me le pegué. «Tranquílizate, muchacho», me advirtió, y di un paso atrás. Al rato cometió sin saberlo el error más grave de toda la noche.

Sacó un *long playing* del Dúo Irizarry de Córdova y de un plumerazo lo desempolvó. El dúo de esposa y esposo

144

empezaron a cantar sensibleramente *no se puede torcer el destino como débil varilla de estaño, si el amor lo adormece un desprecio, más tarde despierta terrible, incendiario* y me dijo que de niña le fascinaban. «Me sabía sus canciones de memoria», me dijo. «No me explico cómo este disco no se ha rayado» y se emocionó como una colegiala .

Ese resquicio me dio el chance de enamorarla otra vez y decirle cosas. Volví a acercármele en el sofá y los dos cantamos juntos y no sé si a fin de cuentas fue el Dúo Irizarry de Córdova, o si fue toda esa acumulación de recuerdos indefensos; de melodías llenas de abandonos, reproches, quejas, llantos y angustias; toda la nostalgia por el pasado perdido y toda esa mezcolanza de vodka ruso, azúcar canadiense y limón cubano lo que apresuró la ofensiva final.

«Los boleros te desordenan, amor, te desordenan», le dije, y a pesar de que no me respondió, ay, Carilda Oliver, matancera ilustre, supe que se había estremecido y me le pegué de nuevo. Y entonces me aceptó sin tratar de separarse. Me dediqué a darle mordiditas de chocolate en la garganta, besitos de anón en las orejas, chuponcitos de mantecao en la nuca y ella se dejó llevar, suavecito, despacito, que no, se retorcía, dime que te enloquece, que no, gemía, dime que te gusta, ay, por Dios, dime que te vuelve loca, tate tranquilo, anda, dime que quieres que siga, ay para, por favor, y yo solamente tenía que seguir cantándole al oído boleros que de seguro se sabía; regálame esta noche, retrásame la muerte, eres mi bien lo que me tiene extasiado , quiero tenerte cerca y en un abrazo unirnos, quién serás, que así me invitas a amar, todo eso eres, eres ternura, eres tormento, hasta que no le dije más nada, y ella también se calló, y lo único que hacía era jadear y solo suspiraba hondo, profundo, otra vez hondo y la vista se le perdía y no dejaba de suspirar. Le busqué la boca, la encontré detrás de un suspiro entrecortado, y empecé a besarla; con ternura al principio, furiosa y desesperadamente después. Antes sentí el sabor inconfundible de su creyón de labios. Lo saboreé, recorriendo con la lengua la suave orilla del labio superior desde la comisura hasta el centro y luego al otro lado, y el labio inferior. Al paso de mi lengua iban apareciendo esas pequeñas grietas verticales que la pintura cubría. Su boca estuvo entonces tan húmeda como la mía y resbalamos juntos en el beso. Ella no hizo nada para rechazar el ataque, sino que respondió abriéndome la carnosa boca que tenía para recibir mi lengua, y seguimos besándonos.

Nos olfateamos en la oscuridad, nos acariciamos sin apuro, nos besamos hasta el cansancio, con una ternura callada y una dicha intensa que se parecieron más que nunca al amor.

Estiré una mano y le quité los espejuelos. Abrió mucho los ojos, me puso las manos contra el pecho y me empujó suavemente. Un niño de dos años lo habría hecho con más fuerza.

—Muchacha, qué par de ojazos tienes —le dije con la voz de Otto Sirgo en una obra de Jacinto Benavente.

En medio del zafarrancho, se separó unos milímetros de mi cara, se relajó y dejó caer la cabeza hacia atrás, al tiempo que abría más la boca.

—Déjame levantarme —susurró derrengada.

—Pero primero dame otro beso—le dije para que no se sintiera culpable y el momento perdiera solemnidad.

—Por favor —me dijo sin voz y me besó—, no me hagas daño.

El calentón y los tragos tenían que haberle afectado la cabeza y hacer que dijera boberías. O era teatro: Stanislawski puro. Qué daño iba a hacerle, en todo caso le iba a aliviar sus padecimientos. Conozco mil anécdotas parecidas. De mujeres que quieren pero no quieren. De mujeres que después que se lanzan, se quieren echar patrás. Me acordé de un cuento que me hizo un socio. Le había pasado una vez que se metió en una posada con una chamaca que había ligado en la playa. Nieves se llamaba, y desde antes de entrar ella le decía: «No quiero que pienses mal de mí; yo soy una mujer casada», y al ratico, dentro del cuarto: «Tú estás equivocado conmigo; yo soy una mujer casada», y ya medio encueros los dos y cayéndose a besos: «Óyeme bien: yo soy una mujer casada». Hasta que él le dijo: «Está bien, eres una mujer casada, pero aquí vinimos a templar» y ahí se acabaron todas las quejas. Pero el mejor de todos los cuentos es uno que me hizo Ernesto Castro, mi íntimo socio desde los trece años —mi amigo de entonces y de todavía—; un tipo con una agilidad mental fuera de serie, rápido para las bromas, y el más ocurrente, simpático y muelero de todos mis amigos.

Un día que regresaba a la casa ligó a una mujer —una chiquilla, más bien, porque no tenía más de veinte años— en una guagua, una 74 que estaba repleta. La chiquita iba sentada con el marido dormido en el hombro de ella frente a Ernesto que iba de pie y la miraba, le hacía muecas, le guiñaba un ojo, ponía una cara cómica, mientras el viaje avanzaba y ella se sonreía con complicidad y abría los ojos y le pintaba monos y el marido seguía rendido. Temiendo que la monada se bajara en cualquier momento de la guagua, Ernesto no esperó más y le hizo una seña de que le diera un teléfono. Ella buscó un papelito, le escribió el número y lo dejó caer al piso donde él lo recogió raudo y veloz. La muchacha trabajaba como farmacéutica en una botica por Luyanó y, al cabo de varios días de largas llamadas, llenas de muela y más muela, con una persistencia de orfebre y su elocuente labia de ligón eterno, Ernesto logró convencerla de que se vieran en algún lado. Esa misma tarde, en la primera salida, la llevó a La Campiña, una de las posadas más populares y visitadas de La Habana. Hicieron una cola cortica, entraron al cuarto y después que se tomaron un par de cervezas, se empezaron a besar y, entre gemidos de gusto por un lado y quejas de que era una mujer decente y que no debía estar allí, Ernesto le siguió hablando al oído, la siguió bajeando, la acostó en la cama. Luego le zafó los ajustadores, la toqueteó y la saboreó a su antojo, y ella seguía que era casada, que era una mujer decente y que no debía estar allí. Después le bajó el blúmer y lentamente, casi sin que se diera cuenta, se la metió. Los dos empezaron a moverse de forma intuitiva, con ritmo, él penetrándola con embestidas suaves, y la chiquilla moviendo las caderas, hasta que ella se detuvo y le dijo suplicante: «Ay, no sigas, para, que me voy a venir».

Fue entonces que el cabrón de Ernesto —sin sacársela— le hizo una pregunta tan inesperadamente divertida que había de convertir el cuento en memorable: «Coño, pero para eso entramos aquí, ¿no?». Todavía al cabo de los años, cuando lo recordaba, me daba tanta risa como el primer día que me lo contó.

Sentí las tetas duras y sólidas de Amapola en mi brazo, en el hombro y en el pecho y me di cuenta de que la intensidad de los besos había subido de tono. Teníamos los cuerpos pegados desde las rodillas al pecho. La abracé y la apreté todavía más contra mí. Tenía los párpados sombreados por pestañas oscuras, medio cerrados sobre los ojos de niebla y de mar. El alma trémula y sola padeció al anochecer y me acordé de algo que escribió el jodedor de Henry Miller: «En el fondo todas las mujeres son putas; solo hay que despertarles el morbo».

No perdí tiempo y le dije:

—Me vas a abrir un hueco.

Aprovechó para restregármelas bien y me preguntó: «¿Te gustan?».

Sin levantarse del sofá, dio una vuelta y se puso de espaldas a mí. Me le pegué por detrás y me le pegué aun más. Amapola la sintió. Se quedó inmóvil respirando con fuerza, sin poder moverse ni un milímetro de donde estaba; con un enredo de susto, excitación y sorpresa, y sin oponer resistencia. Entonces volvió la cabeza, se enfrentó a mí y me miró con una sonrisa belicosa.

—Vámonos al cuarto —me dijo.

—Es la mejor idea de toda la noche —le contesté.

No hay nada como apretar y acostarse por primera vez con una mujer. Cuando uno está expectante; no conoce el sabor de su boca, cómo va a reaccionar ni tampoco le conoce el calor del cuerpo. Entonces nos besamos más. Nos chupamos los labios, las lenguas, las encías. Empecé a quitarle la ropa, a tocarle las tetas por encima del ajustador, a apretarle los muslos y las nalgas, a la vez que le decía cositas al oído.

Por el camino, todavía besándonos tropezamos con la consola y cayeron al piso todos los discos que habíamos estado oyendo y nos revolcamos besándonos en el butacón, y todavía nos besábamos cuando nos despetroncamos contra el suelo. De pronto, se levantó.

—Pérate un momento —me dijo tensa—. Tengo que ir a lavarme.

Coño, las higiénicas mujeres cubanas, siempre lavándose. Corrió a meterse en el baño y desapareció. Me senté en el butacón y como en cualquier escena de cualquier *thriller*, hubo cinco minutos de una quietud amenazante. Salió entre negruras como pintadas por el Greco y lo que vi hizo que aun sentado me temblaran las piernas.

Era ella misma y, sin embargo, a la vez era otra. Se había quitado el vestido y se había puesto unos zapatos de tacón alto, un *négligée* violeta, de seda o tul, medio transparente, con complicados bordados de hojas y flores; el mechón que le chorreaba por la frente, continuaba su trayecto sobre la nariz y terminaba más debajo de la barbilla. Estaba maquillada como si fuera a una boda o a cantar en un cabaret. Se acababa de pintar la boca de un rojo carmesí y parecía una *femme fatale*. Con toda intención se quedó con el collar y con las dos argollas de plata que, por algún motivo, afirmaban más sus despiertas facciones. Se había vaciado arriba medio pomo de Nina Ricci, y olía más rico que el carajo. Más que una felina en acecho, era una hembra que hervía en almíbar; con una cucharada de anís y tres ramitas de canela.

Amapola solamente dudó unos instantes. Bajó la luz de la sala, y en medio del caos de discos regados por el piso, sacó uno de la consola. «Nada más que faltaba él», me musitó con voz tenue. Lo puso en el tocadiscos y me preguntó: «¿Te acuerdas de este bolero?». Claro que me acordaba. Era *La barca*, de Roberto Cantoral, en la voz inconfundible, aterciopelada y continental de Lucho Gatica. Y se puso a hacer un dúo con Lucho, dicen que la distancia es el olvido, pero yo no concibo esa razón y me miraba porque yo seguiré siendo el cautivo de los caprichos de tu corazón, cantaba y seguía supiste esclarecer mis pensamientos y me miraba de nuevo me diste la verdad que yo soñé, cantaba. Y después puso *Encadenados*, cariño como el nuestro es un castigo y no paraba de cantar que se lleva en el alma hasta la muerte, de mirarme más puta que coqueta mi suerte necesita de tu suerte, de acercarse cada vez más a la jaula del león y tú me necesitas mucho más, cantaba, y después puso *El reloj*, ella es la estrella que alumbra mi ser y la respiración la sumergía en la nostalgia del pasado yo sin su amor no soy nada, buscaba los lugares recónditos de su vida detén el tiempo en tus manos haz esta noche perpetua, cantaba. Entonces, con la letra y música de *Espérame en el cielo* (¿sería *Amor mío*?) hizo lo que jamás había visto hacer a una mujer delante de mí; algo que yo pensaba que pasaba únicamente en *La dulce vida* con Nadia Gray y con Pérez Prado tocando *Patricia*. Empezó a bailar, a moverse voluptuosamente y a hacer un *striptease*, sin agitación, con pasmosa y fría pulcritud.

Luis García Berlanga decía que vestir a una mujer era más erótico que desnudarla, pero si hay algo que desconcierte más que ver a una mujer desnuda, es ver cómo ritualmente ella se encuera delante de uno. Seguir los peligrosos gestos que hace al despojarse de la ropa; los aretes (que por lo general es lo primero que una mujer se quita cuando comprende que el combate está por empezar); alguna pulsera, las medias. Amapola se encueró al compás de los boleros de Lucho Gatica. Sin ningún apuro, sin ningún temblor, se bajó los tirantes del *négligée*, se lo quitó, lo tiró a un rincón —a un butacón o a una cómoda— y se quedó en blúmers y ajustadores. Era un *tableau vivant* y luego, cuando con unos movimientos ondulatorios, levantó los brazos para zafarse el collar, sus sobacos afloraron ante mi vista.

No hay nada como un sobaco al aire. Que no *las axilas*, la forma correcta (entre comillas o en cursivas si se pudiera leer cuando se habla) con que las cubanas hablan de ellos, por temor a decir una vulgaridad, si es que no dicen algo tan ambiguo como *debajo del brazo*. A lo mejor el enigma de los sobacos reside en lo peligrosamente cerca que están de las tetas, una perturbación desde que uno es párvulo; ahí, en esa zona sudorosilla —para usar un españolismo—, donde el cuello se conecta con la clavícula y la clavícula con el hombro y el hombro con el antebrazo y se forma una hendidura; una hondonada que desciende y se convierte en un valle húmedo que va del color de la pimienta negra al azulverdoso y del jade al gris ratón y los cañones que fueron rasurados hace un par de días pugnan por salir. El mismo fetichismo que afirma que la hirsutez de los sobacos está asociada con el pubis y que en la medida en que sea más grande la sombra en ellos, habrá similar pelambre por allá abajo.

Los sobacos de Amapola no eran ni flacos ni gordos, sino que tenían la cantidad de carne necesaria; unos sobacos que se veían jugosos y sosegados, con las muchas arruguitas y turgencias y pequeñas grietas y surcos que se forman en esa madriguera.

Un rato después, al ritmo pausado de la música y de la dulce voz de Lucho, casi sin titubear y con un dominio ejemplar, Amapola se despojó de los ajustadores y saltaron al vacío aquellas potrancas desbocadas que había estado gozando sin descanso la noche entera. No lo sabía, pero había esperado veintitrés años, siete meses y veinticuatro días para ver el espectáculo más sobrecogedor de toda mi vida. Tragué en seco y mirándome fijamente me preguntó:

—¿Era así como me querías ver?

Me quedé sin aliento, el corazón me dio un salto, me quedé atontado y cerré los ojos para comprobar que no era un sueño. Cuando los volví a abrir ella seguía allí, delante de mí, aún con las tetas al aire libre y tibio que soplaba del mar y la sala tenía un aura de gardenias antiguas.

Era un disparate que mareaba. Unas tetas aun más altivas de lo que lucían debajo del vestido escotado; que surgían desde la sosegada entrada de los sobacos y tenían entre las dos el espacio donde —según los expertos— debe caber apenas un puño cerrado. Las tetas se inclinaban un poco para los lados; la derecha hacia la derecha y la izquierda hacia la izquierda, solo para subir mirando hacia ambos lados, con un ligero toque de imperfección que las hacía más humanas. Dentro del montículo de carne que es la areola que los rodeaba, los pezones de mango bizcochuelo tenían el mismo color de las langostas vivas.

La visión de una teta medio desnuda (dos botones abiertos, un escote generoso, un cuello que se abre demasiado) no está completa si no aparece el pezón. Una teta sin pezón es como una cara sin ojos. El pezón es la culminación de esa turbadora imagen; la aceituna en el martini, la rodaja de limón en el mojito, la cereza en el cake. Si no se ve el pezón, entonces esa visión está trunca; está inacabada: le falta lo mejor.

No supe qué hacer ni tampoco qué decirle. «¿Te gusta lo que estás viendo?», me preguntó ya hecha una malvada, con la seguridad de la que sabe dueña de unas tetas excepcionales. De momento, no le respondí. Se me revolvieron los gerundios y casi sin poder hablar, del fondo de mis entrañas me salió un murmullo que no pude reprimir:

—Cojones —exclamé—. Siempre me imaginé que tenías los pezones anaranjados.

Me quedé quieto, casi inmóvil. Me acerqué, la miré mejor, y me aproximé aún más. Era increíble. Qué piel. Recorrí las tetas con la mirada; una piel violentamente sedosa, cargada; los círculos rosados, los lunarcitos imperceptibles, las venitas, todo envuelto en porcelana, nácar y alabastro. Parecía que las tetas se henchían mientras las miraba. Se alzaban al cielo. Un animal de monte latía ahí adentro. Estaba vivo y quería salir. Me quedé mirándolas un breve instante. Las tetas parecían hechas de pan y eran las tetas más salvajes que había visto en toda mi vida.

Me olvidé de todas las tetas que había visto hasta ese momento. Las apetitosas tetas de Mamie Van Doren, de Bettie Page y de Jayne Mansfield; las narcotizantes tetas de Sophia Loren, Anita Ekberg y Sylva Koscina; las maravillosas tetas de Tina Louise en *Esclavos de la avaricia*, de Rosanna Podestà en *La red* y de Kitty de Hoyos en *Esposas infieles*. Las tetas de Marilyn, las tetas de Claudia Cardinale, las tetas de Brigitte Bardot. Las tetas vistas en los libritos de relajo, las vistas en los recortes de las revistas *Playboy*, *Penthouse* y *Hustler* que mi vecino Facundo Díaz me mandaba desde Miami Beach escondidos en las cartas donde también me mandaba cuchillitas de afeitar Wilkinson. Las tetas de Amapola estaban esculpidas en roca; abundosas y duras como estacas para matar vampiros.

Le fui parriba y entonces la encontré decidida. Nos volvimos a besar y nos acariciamos y seguimos haciéndolo mientras avanzábamos hacia el cuarto y caíamos en la cama. Me embriagué un instante con la fragancia de las tetas, le di mordiscos infantiles, le mamé los pezones con avidez y devoré poco a poco los sabores con un largo exorcismo de ferocidad. Yo tenía las apetencias sexuales a mil y de dos zarpazos le quité el blúmer sin que hiciera la menor resistencia para impedir mi próxima arremetida. Tenía la piel tan tibia como el lomo de un perro fiel. «Hazme lo que quieras», me dijo jadeante y le hice caso. Nos besamos sin piedad, nos chupamos el alma y templamos como dos dementes.

Fue una batalla feliz. Cuando acabamos, nos bañamos juntos en la ducha, me dio una pijama de color vino y me dijo: «Mi marido la compró en una tienda de España que se llama El Corte Inglés». Después se puso una bata de casa con la que lucía aún más provocadora que cuando se encueró. Salió al balcón con las piernas separadas y allí se detuvo, con el cuerpo un poco echado para adelante, a partir de la cintura, adelantados los hombros.

Ya el calor se estaba tranquilizando, las olas se habían calmado y el sol empezaba a salir por el horizonte. Desde la cama vi el cielo, el agua y el muro del Malecón inundados de la amodorrada explosión de julio. Parecía un fuego, un fogonazo, un torbellino de mil colores. Una vez más regresaba una confusión de siglos que se unían y se aliviaban entre sí cuando el amarillo de cenizas de algas se mezclaba con el rosado de sargazos mortíferos y el rojo de medusas y rémoras se desintegraba en un violáceo de naufragios y el paisaje intermitente se llenaba de pargos de oro, emperadores lilas, sirenas púrpuras y cerezos en flor. Era como el otoño de Vermont, solo que en el mar. Amapola me llamó para que lo viera. «¡Tienes que venir a ver esto!». «En tu vida vas a ver de nuevo algo igual. Es el amanecer más bello del mundo», me dijo.

Quizás era realmente algo irrepetible; a lo mejor nunca más vería otro igual, pero me sonó más falsa que un edulcorado locutor de Radio Enciclopedia anunciando a Percy Faith en *Verano de amor*. Le hice señas de que no. La cabeza me daba vueltas (prometí que no volvería a beber tanto, aunque al cabo de los meses me olvidé de la promesa y no la cumplí), el trajín con ella me había dejado hecho leña y por la puerta medio abierta se colaba un chiflón extrañamente helado para julio que me erizó y me recordó las estepas nevadas del *Doctor Jivago*, novela que por esos días leía ensimismado en una edición de la Editorial Noguer que me habían prestado. A esa hora no estaba para romanticismos de ningún tipo. Me viré de lado en la cama, y a los cinco minutos ya estaba dormido.

Fui a casa de Amapola dos o tres veces más, siempre cuando el marido estaba por México, Guyana o Panamá.

La llamaba y le decía que estaba cerca, en La Rampa, que si podía ir y siempre me dijo que pasara y siempre fue una gran fiesta, como años después dirían en un libro divino mis amigos de Barcelona, Fernando y Miñuca.

Llevaba días sin verla cuando un lunes me la encontré por los pasillos del instituto. Al verme caminó hacia mí con su embeleso. Se paró, mirándome fijo con los ojos en llamas y la nariz romana de Silvana Mangano afilada como un cuchillo, y antes que yo pudiera reaccionar, me dijo:

—Te estaba buscando.

—Qué casualidad, yo también —le dije .

Su voz era suave y dulce como un plátano manzano.

—Es que quería despedirme —me dijo arqueando una ceja—. Me voy este sábado.

Le pregunté que para dónde se iba y me dijo que al marido le habían dado un cargo en la misión diplomática de Cuba en la ONU y que se iban a vivir a Nueva York. Me quedé sin saber qué decirle. Nos quedamos unos minutos hablando, le miré otra vez sus ojos grandísimos y lánguidos, de aquel color que oscilaba entre el gris de la niebla y el verde del mar, y nos dijimos adiós. Nunca más la volví a ver.

Regresé a la oficina con la mente en blanco. Era la hora de almuerzo y el ambiente estaba tranquilo. Javier dormía recostado en su buró; Cuza recordaba cuando hizo de extra en *El viejo y el mar*, filmada en Cojímar; Guillermo coqueteaba por teléfono con algún pepillo, y el despreciable de Mazarredo maquinaba a quién darle un sablazo el día del cobro.

Arbesún había salido y Esteban, Irela y Richard estaban pegados al tocadiscos portátil verdecito pálido que le prestaban de vez en cuando a Esteban. Escuchaban un disco cuya carátula reconocí al instante. Era *Let It Be* y los Beatles cantaban la canción más triste que jamás hicieron:

The long and winding road,
that leads to your door
will never disappear,
I've seen that road before
it always leads me here,
lead me to you door.

DEDICATORIA

Quiero dedicar este libro a toda mi familia.

Otra vez a Ruth, mi mujer, por sus ideas y por descubrir errores que, sin sus observaciones, habrían sido imperdonables.

A Sarita, Mauricio, Saritica y Sophia; a Fabio, Tere, Joseph, Rebecca y Grace; a Marla, Roger y Scarlett; a Laura, John y Rocco. A Willy, Moma y Mayté, mis primos. A Enma.

A Goar, mi único hermano. Y a Titico y Edgar.

Después, a mi familia que ya no está en este mundo: Abuelo, Abuela, Madrina, Nenita, Mario, tío Roberto y Padrino.

A Olga y Luis.

Y de nuevo al recuerdo eterno de mi mamá, Josefina Galigarcía Cervera, la persona más importante de mi vida, que a sus casi noventa años, con mucha paciencia, ternura y siempre llena de cariño, soportaba mis peleas y todavía con una asombrosa memoria de elefante, me respondía el montón de preguntas que le hacía: desde la fecha en que llegó a mi casa el primer televisor, algunos dicharachos familiares y cómo eran en persona Beny Moré, Gaspar Pumarejo y Kid Gavilán.

AGRADECIMIENTOS

También quiero también mencionar a algunos amigos que en distintas épocas de mi vida, de muchas maneras (con un recuerdo, una anécdota, un adjetivo), a veces sin saberlo, han tenido que ver con la elaboración de este libro .

En riguroso orden alfabético —para no herir susceptibilidades— le doy las gracias a: Tomás Acosta, Ladislao Aguado, Esteban Álvarez, Lucía Ballester, Manolo Blanco, Sara Calvo, Adalberto Cino, Jorge Clavijo, Irela Cruz Paz, León de la Hoz, Milagros García, Nicolás Lara, Carlos Leal, Martha Lima, Adrián López Ballester, Rogelio López, Santiago López, Rolando Mendoza, Miñuca Naredo, Richard Oteiza, Santiago Rodríguez, Javier Sáez, Bernardo Trujillo, Fernando Villaverde y Luis Alberto Zayas.

En igual orden a mis amigos de *Aboard*: Edwin Cruz, Abel Delgado, J. Kevin Foltz y Jenny Horta.

No quiero dejar de mencionar a toda la canalla del *Nuevo Herald*, cuando trabajar allí todavía era una diversión: Armengol, Cancio, Ebro, Isabel, Evora, Salvador, Albela, Pedro, Germán, Adela, Hernández Alende, Ileana, Osmín, Molleda, Viviana, Leo, Portela, Andrés, Rivero, Rodeiro, Otto, Raúl, Emilio y David.

IN MEMORIAM

Por último, quiero recordar a mis amigos muertos.

A quienes les hubiera gustado tener en sus manos este libro: Alfredo Arbesún, Andrés Cruz, Héctor González, Mario López Cervera, Alberto Martínez Herrera, Hubert Martínez Llerena, Rogelio Miñoso, Heberto Padilla, Héctor Pedreira, Taína Planas, Marianela Rodríguez, Raúl Rovira y Carlos Victoria, el Edward Hopper de los narradores cubanos.

Y, de manera especial, a Rogelio Fabio Hurtado, para quien la literatura y la amistad fueron sus dos grandes pasiones; a Juan Carlos Granados, ese insolente Príncipe de los Mulatos, y a Roberto Yanes, que tanto admiró a los suicidas.

Miami, viernes 16 de diciembre de 2016
Hialeah, martes 22 de octubre de 1996
La Habana, jueves 6 de enero de 1977

ÍNDICE